María Manuela
Historia de una inmigrante

Fernández, Julián
María Manuela: historia de una inmigrante; 1ª ed. Buenos Aires: Deauno.com, 2011.
158 p.; 21 x 15 cm.

ISBN 978-987-680-023-5

1. Narrativa. 2. Novela. II. Título.

CDD A863

Concepción de cubierta: Victoria Luque

Revisión literaria: Teresa Torres tero@internet.com.uy

Producido por Patagonia Graphic Solutions

contacto@elaleph.com
http://www.elaleph.com

Para comunicarse con la autora: julianfernandez69@hotmail.com

Primera edición

ISBN 978-987-680-023-5

Hecho el depósito que marca la Ley 11.723

Julián Fernández

María Manuela
Historia de una inmigrante

deauno.com

A mis abuelos Salvador y María,
quienes me enseñaron con el ejemplo,
que es mejor amar y dar.
Siempre.

Una vez más vuelvo a recordarte, como a cada instante.
Tu mirada antigua de años, que sabe tanto...
Tu pelo blanco, tus ojos alegres y la risa
que fácil aflora de tus labios.
Dándome todo sin pedirme nada a cambio.
Abueli. Quisiera golpear la puerta y
entrar corriendo en la cocina
Quisiera tomar la merienda escuchando
viejas historias de tu vida.
Y preguntarte tantas cosas que nunca te he preguntado.
Y decirte que te quiero, y que sé que estas a mi lado.

JULIÁN

Prólogo

Me propuse hacer una lista de todas las personas que he conocido en mi vida. Empecé por las más cercanas, familiares, amigos, luego las que aparecían en mi mente espontáneamente. Dificilísimo, créanme, de muchas ni siquiera recordaba su nombre; un montón de rostros. También se mezclaban entre si lugares y circunstancias.

Cuando la lista llegó a trescientas me detuve.

¡Cuántas personas pasan por nuestra vida, cuantos encuentros, cuántas relaciones! Muchas superficiales, algunas más profundas y otras diríamos que vitales. Cada una nos aporta algo: nos hace más confiados, más desconfiados; más humildes, más orgulloso; más arrogantes o más humanos.

Cada una de estas relaciones, de esos momentos, nos deja algo que se combina con nuestra esencia para dejarnos finalmente, con nosotros mismos. Esa mezcla única e irreproducible que nos mira cada mañana desde el espejo.

Tuve tres abuelos y estoy seguro que cualquiera que haya tenido la suerte de tenerlos cerca durante la infancia y la adolescencia, coincidirá conmigo en que un abuelo no es una persona más. Un abuelo es una figura muy importante, alguien que muchas veces se respeta más que a un padre, alguien sabio que sabe más que todos los demás, y el que, muchas veces, es cómplice de nuestras travesuras.

Y si nos amaron, si nos miraron con la mirada de los años y la experiencia, con esa paciencia que en general ni nuestros padres nos tienen, esa mirada queda guardada en lo más pro-

fundo de nuestro corazón hasta que, cuando viejos, podamos retribuirla a nuestros nietos.

Mis dos abuelas y mi abuelo han sido eso y mucho más para mí, no puedo recordarlos sin que la emoción me oprima el pecho, sin que me invadan unas ganas locas de volver a verlos, de abrazarlos y decirles todo eso que no se dice cuando uno es adolescente; de hacerles todos los mimos que uno le hace a un hijo pero que no le hace a un viejo.

Y es por ello que tomé esta historia para contar, la de una de mis abuelas. La que por su forma de ser y su carácter mandón le toco asumir el papel de mala. Pero también, muy posiblemente, la de corazón más grande, la más sensible, la más generosa.

Y esto es nada más que un "gracias", para que sepas que también estás presente, que a mí me dejaste un poco de vos, que el saber que estás ahí me llena de confianza.

Gracias abueli.

JULIÁN

Capítulo I

Despertó de repente, tenía la boca y la garganta seca. Deseaba tomar agua. Instintivamente estiró el brazo para agarrar el vaso que siempre dejaba en la mesa de luz, al costado de la cama, pero no logró alcanzarlo.

Giró lentamente, ahora intentando divisarlo en la penumbra, pero en lugar de eso se encontró con los números rojos de un reloj que indicaba las 2:37.

Se sintió confundida. Nunca habían tenido un despertador de esos nuevos, digitales, como los llamaban; en ese lugar siempre había estado su querido reloj cuadrado de agujas con las puntas fosforescentes, ese que se plegaba en tres partes formando una cajita y que permitía ser transportado de manera segura durante los viajes.

Intentando comprender miró hacia arriba, pero tampoco encontró la seguridad que buscaba y ante lo incierto la desesperación fue mayor. Donde debería estar su lámpara de bronce de cuatro velas divisó la forma de una lamparilla que colgaba del techo.

Sintió que se ahogaba ¿Dónde estaba? Estiró el brazo y tocó el bulto que formaba su marido debajo de la manta y fue un alivio instantáneo, semejante al que siente aquel que cae sorpresivamente en una piscina y –luego de tragar mucha agua–, descubre que hace pie.

Respiró y trató de recordar; la penumbra empezaba a aclararse y los contornos de la habitación a tener forma. Fijó la vista en la bombilla que colgaba del techo y también sus pensamientos se empezaron a aclarar. Esta no era su casa, era la casa de su hijo. Sabía que él los había llevado pero no podía precisar qué tan lejos estaban de su propia casa. Sólo podía recordar fragmentos de un viaje en automóvil, una ruta, ella mirando por la ventanilla, el paisaje que pasaba lentamente. Campo y más campo, una sensación de volver a su tierra aunque no lo fuera, y recuerdos aislados de su querida Galicia.

Y luego el pasto pasando a mucha velocidad convirtiéndose en una mancha verde y gris que se mezclaba con el borde del asfalto.

Volvió a ver la escalera del edificio en el que habían vivido los últimos cuarenta y pico de años. Y nada más... todo borroso. Una sensación de vértigo le recorrió el cuerpo: la habían bajado sentada en una silla entre su hijo y su nieto y cuando doblaron la escalera y miró hacia abajo la sensación de vacío hizo que se sujetara fuertemente del brazo de su nieto que le devolvió una sonrisa tranquilizadora. ¡Qué grande estaba! ¡Cómo había pasado el tiempo! Ya era un hombre. Ya podía cargarla él a ella. Ella que siempre había tenido la fuerza y la entereza de un roble pese a las várices y las llagas de sus piernas que la habían atormentado los últimos diez años. Ella que era capaz de cantarle las cuarenta a quien se lo mereciera, desde una mucama hasta el mismísimo Rey Carlos, si hubiera tenido oportunidad y necesidad de hacerlo.

¿Y qué era lo que había sucedido ahora? Tirada en la cama, muerta de sed y sin siquiera recordar cómo llegar hasta la cocina por un vaso con agua.

"¡Qué malo ser viejo!" –pensó.

Y lo peor no era eso, ni la edad, ni las várices que ya tenía asimiladas, como una parte más de ella. Ni siquiera los dolores de espalda y de rodillas. No, nada de eso era para quejarse realmente, en definitiva cualquiera que tuviera setenta y nueve años, sin duda sentía los mismos dolores.

Lo peor era la cabeza; no llegaba a retener cosas que habían pasado hacía cinco minutos y muchas veces se encontraba repitiendo y repitiendo las mismas frases y preguntas; a veces se daba cuenta pero, en general, sabía que no era así.

Lo sabía perfectamente porque todos, en mayor o menor medida, terminaban enojándose con ella. Y se sentía culpable aunque no pudiera evitarlo.

"Seguramente es la venganza que desde algún lado me debe estar mandando esa vieja turca" –pensó.

Sin embargo, ahora era distinto. Sentía una inusual claridad en su mente, aunque no podía recordar los sucesos de los últimos días, o tal vez de los últimos tiempos. Sabía que si preguntaba algo, no iba a olvidarlo. Sentía una sensación similar a ésa, cuando después de espiar a sus vecinos a través de la cortina de gasa, tomaba la determinación de correrla, abrir las hojas de la ventana y asomarse a ella apoyada en el marco. Las siluetas que hasta el momento eran difusas e indefinidas tomaban su forma real con una claridad agradable a los ojos.

Cuántas horas había pasado asomada a esa ventana de su departamento del primer piso de Falcón y Varela. Culpa, sin duda, de las varices y las llagas, porque ella siempre había sido de andar afuera.

Le encantaba arreglarse y salir a pasear. Nunca hubo mujer más coqueta; jamás salía sin sus aretes y sus pulseras de oro, la medalla de la virgen con la cadena gruesa, y cuantos anillos tenía. A su ex nuera le había regalado casi todos.

Las alhajas siempre fueron su debilidad. En las joyerías del barrio la conocían, era cliente en varias de ellas y tenía buena reputación y buen crédito. Siempre hacía sus "negocitos" que consistían en entregar alguna cadenita o pendiente de oro y pagar la diferencia para llevarse algo semejante.

Salía a caminar por Rivadavia, entraba a las galerías y casi siempre compraba alguna cosa, no para ella, más bien para algún hijo o nieto.

Por donde seguro pasaba de regreso era por "La Torinesa", almacén y fabrica de pastas del barrio, donde vendían un jamón cocido que era casi tan bueno como el que hacían en su casa de niña. Compraba un pedazo de medio o quizás un kilo, no en fetas –para que no perdiera el sabor–, y se lo comía en trozos por las noches en su casa.

Y si la salida era después de buscar a Panchito del colegio, seguro que entraban en alguna confitería a tomarse un copetín con ingredientes antes de regresar a casa.

Pensar en el sabor de ese jamón le hizo recordar que tenía sed, la garganta seca le picaba. Tosió para aliviarla pero fue peor, le dieron más ganas de toser y tosió y tosió. Trató de taparse la boca, de ahogar el sonido para no molestar a su hijo que dormía con su mujer en algún cuarto cercano, pero no aguantó y volvió a toser repetidas veces.

Finalmente, pareció calmarse por un momento e intentó despertar a su marido. Dándole golpecitos en la espalda lo llamó:

–Salvador... Salvador –dijo, murmurando con voz ronca para no hacer ruido–. Tráeme agua, Salvador...

–¡Duérmete, mujer! –respondió él con un gruñido.

"¡Qué mal carácter!" –pensó–. "Cincuenta años con este asturiano malhumorado y no conseguí cambiarle el humor". Justamente ella, que era capaz de lograr que todos hicieran lo que mandaba, no había podido cambiarle el carácter a su marido.

Sonrió sola pensando en eso, pero la tos volvió y no era posible contenerla por más tiempo.

Tenía que levantarse fuera como fuese. Una y otra vez contuvo la tos... Corrió la sábana con su mano derecha y moviendo la cadera dejó caer el pie izquierdo al piso. Giró un poco más y la pierna derecha salió también de la cama. Ahora sólo faltaba incorporarse. Volteó el cuerpo sobre su lado izquierdo y apoyando el codo logró enderezarse un poco y con un envión, logró quedar sentada con ambos pies apoyados en el suelo.

"Ya casi estamos" –pensó.

Ahora sólo le faltaba pararse, pero la faena parecía toda una odisea. Se balanceó varias veces tratando de tomar impulso y casi lo logró; pero volvió a caer sentada en el lugar donde había estado. Nuevamente volvió a intentarlo, sólo que esta vez lo hizo con más determinación y finalmente con las justas lo logró.

Tardó un segundo en poder fijar el equilibrio ayudándose con una mano apoyada en algo que parecía ser la puerta de un placard.

"¡Ya está!" –pensó–. "Es increíble que hasta pararme sea un logro. Al menos todavía puedo hacerlo" –se dijo, y este último pensamiento la reconfortó.

Siempre había sido una persona optimista. En los peores momentos de su vida, siempre mantenía la calma y la seguridad de que las cosas irían bien; eso lo había heredado de su padre, de él y de su Virgen del Rosario, por supuesto. Ella había asumido la función de ser la roca de la familia, la que mantenía la calma, la que decía lo que debía hacerse aunque en general esto le trajera problemas con sus parientes más queridos.

Sabía que la consideraban una vieja loca y gritona. Que la criticaban muchas veces a escondidas, pero que, seguramente, también admiraban su forma de ser.

Además, ¿cuántas veces había corrido en ayuda de tantas y tantas personas? Su corazón era blando, fácil de conmover por más. Piedra por fuera y miel por dentro. Así era ella.

¿Acaso no protegió tanto a esa loca de Ana Valerga? Inconsciente, casquivana –como la llamaban en el conventillo de la calle Alsina–, que con un hijo chiquito recién nacido y ¡soltera! había vuelto a las andadas para quedar nuevamente embarazada de ese viejo impresentable, italiano mal parido, que se aprovechó de ella con promesas de casamiento, que la usó y nunca le dio el apellido a ese chiquito. Fue su propio esposo el que le dio el suyo, para que al chico no lo señalaran con el dedo cuando fuera más grande y tuviera edad de ir al colegio.

Y la muy desagradecida, la muy inconsciente ¿no va y queda embarazada nuevamente del mismo viejo abusador y mentiroso a espaldas nada menos que de ella, que la había protegido? La había ayudado hasta dándole dinero sin que Salvador se enterase. Le cuidaba el hijo para que pudiera ir a trabajar al "Boi Morto", el almacén de sus paisanos, que la habían aceptado gracias a los pedidos y la insistencia de ella, a sabiendas de que no podía ni preparar un pan tostado sin que se le quemara. Y cuando tenía tiempo, en lugar de tratar de retribuirle de alguna manera ¿qué hacía? se iba a revolcar con el viejo chueco y retacón. Y para peor, le mentía, le decía que trabajaba horas extras, que había perdido el tranvía, que se había vuelto caminando para ahorrarse el valor del pasaje y no sabía cuántas excusas más, y todo para qué, para volver a arrastrarse, a serle la sierva, la querida, de ese vejestorio degenerado y abusador de mujeres.

Si hubiera sido por ella, le hubiera roto la cabeza de un palazo, lo hubiera esperado en una esquina y le hubiera dado tal paliza que el viejo desgraciado no olvidara en toda su vida. Pero no lo hizo.

"Tendría que haber nacido hombre" –pensó.

Incluso en varias ocasiones estuvo a punto de ir a buscar a la esposa, otra pobre mujer engañada, y contarle toda la verdad.

Por piedad, tampoco lo hizo.

Le pidió a Salvador que le hablara, que hiciera algo por esa chica. Pero el asturiano cabeza dura que tenía por marido nunca se metió.

"En realidad nunca se metió en nada ni se jugó por nadie" –pensó–. "Podría pasarle un tren por arriba y no movería un solo pelo".

Pero mientras lo pensaba, todavía de pie apoyada en el ropero de la habitación, recapacitó.

"No es cierto. Hace como que no ve, como que no oye, pero se preocupa por todo. ¿Acaso no es a mí a la que habla cuando estamos a solas? No lo hace porque para eso estoy yo. El muy desgraciado. Siempre fue mucho más inteligente que yo, siempre, él es la cabeza y yo la fuerza. Pero es un buen hombre, no habría manera de que me hubiera aguantado estos últimos diez años de no ser un buen hombre. Cambiándome las vendas dos o tres veces por día, y aunque malhumorado –porque a malhumorado no le gana nadie– puedo ver un gesto de amor en sus ojos. Debe ser terrible tener que cuidar a un enfermo tantos años, y peor que eso, aguantar a una persona con esta cabeza como yo. Ojala hubiese sido al revés" –pensó.

Y todo eso era verdad, tanto lo de la inteligencia como lo de la bondad. Ella lo conocía bien, tan bien como se puede conocer a alguien con el que se pasó toda una vida, tanto como se puede conocer a un marido al llegar a viejos aunque nunca se hubieran casado por iglesia como a ella le hubiera gustado hacerlo; también a él le hubiera gustado, aunque tampoco iba a admitirlo, nada más para no herirla, porque ella no podía hacerlo.

Ya se había casado una vez y había perdido el derecho de volver a casarse, aunque no hubiera convivido con ese hombre ni un año.

Pero Salvador, éste si era su marido, y ella ni siquiera le había podido dar un hijo porque había quedado inservible después de su primer y único parto. Salvador la había querido. A su manera, claro, que no era romántica ni cariñosa, pero si fiel; fiel hasta donde un hombre puede serlo.

"¡Joder! ¿Qué es la fidelidad sino cincuenta años de vivir con una persona?" –pensó.

Salvador tenía un corazón muy grande y sólo ella sabía lo sensible que era por dentro.

Cuando le dijo que quería pedirle a Ana que les dejara a Panchito, aprovechando que estaba embarazada nuevamente, vio cómo los ojos se le llenaron de lágrimas. Los dos querían ese chico como si fuese propio.

Y cómo no lo iban a querer así, si vivía con ellos, si era ella la que lo cuidaba todo el día y hasta el nene, que no tenía ni un año, prefería sus brazos antes que los de su verdadera mamá.

Ana nunca hubiera podido decirle que no a eso... le debía tanto... Además ¿Qué futuro le iba a dar? Para peor, embarazada nuevamente ¡Otro sin padre por el amor de Dios! ¿Cuántos hijos más va a traer al mundo esta inconsciente? ¡Dios le da pan al que no tiene dientes! Y yo sin poder darle un hijo a este hombre que tanto se lo merece. Gracias a él ya tenemos algo. Yo le dije que quiero salir de esta inmundicia y ya casi podemos hacerlo; en poco tiempo, si este nuevo trabajo sigue así de bien, nos vamos de este conventillo. Y si nos llevamos a Panchito con nosotros, quizás podamos seguir ayudando a Ana, para que pueda mantenerse sola con su hijo. ¡Pero a ese sí que no se lo cuido! Si lo llegó a cuidar, sabe Dios cuantos hijos más va a tener.

La tos volvió a sacudirla. Tragó el primer impulso pero no pudo contener los tres que siguieron y los soltó. Inmediatamente tapándose la boca con la mano izquierda, estiró el brazo derecho para agarrarse de la puerta y empezar a caminar.

Capítulo II

Cruzar la puerta no fue difícil, sostenida con ambas manos avanzó por el pasillo arrastrando los pies.

El primer escalofrío lo sintió cuando pasó de la alfombra de la habitación a la baldosa del pasillo.

Dio un par de pasos más pero se detuvo; con esa tos y ese frío en los pies lo único que le faltaba era agarrarse una gripe.

¿Qué hacer? Inmediatamente evaluó las dos alternativas: volver a la habitación a buscar sus pantuflas o seguir descalza y pescarse al menos un refrío. Pero ¿quién sabe donde estarán las pantuflas?

"Suponiendo que las hubiera traído" –se dijo a sí misma.

Cuando se disponía a regresar un fuerte acceso de tos la acometió, empujándola nuevamente en búsqueda del preciado vaso con agua.

"Vas a despertar a todos, por el amor de Dios" –pensó–. "No hay necesidad de joder por tan poco".

Y a pesar de sus pensamientos se sintió más joven que nunca. ¡Cómo había podido olvidarlo!

Todas las noches María se levantaba de su cama respirando bajito, cuidándose de no hacer el menor ruido. El piso de madera tenía muchas tablas desalineadas por el tiempo, que crujían al ser pisadas. Pero ella delgadita y chiquita lograba sortearlas a todas de memoria hasta llegar a la puerta de la habitación. Esta era enorme, de tablas de madera, con herrajes de hierro en forma de flejes que la cruzaban y la sostenían en su conjunto. Ella se colgaba con ambas manos del gran picaporte de madera y sigilosamente, tratando de evitar que esas chillonas bisagras la delatasen, la abría lo mínimo indispensable para pasar de costado conteniendo la respiración.

"Y en verdad que era delgada. ¡Quién lo hubiera dicho!" –pensó, sonriendo, burlándose de su propio exceso de peso.

La gente en el pueblo decía que era tísica.

–¿Sabe qué pasa comadre? La pobrecita ha perdido a la madre siendo una criaturita y le faltó leche de la buena.

–Si no fuera por Manuel, esa niña no hubiera sobrevivido. Si parece un esqueletito la pobre.

–No crea mujer, que la Consentina se porta como una madre con ella.

–Eso es muy cierto, y pensar que tenía sólo quince abriles cuando se tuvo que hacer cargo de la niña, de la casa y del padre que, como todo hombre, sólo *´pa tirar* el arado sirve.

Y no exageraban. La niña había perdido a la madre a los tres meses de vida. La mujer ya era grande cuando quedó embarazada de imprevisto y no sobrevivió a las complicaciones que tuvo en el parto.

A partir de entonces, su hermana Consentina había tenido que hacerse cargo de la casa, de la niña y del padre.

Manuel era un muy buen hombre, como todo gallego campesino del siglo diecinueve, más bruto que un arado. Sólo sabía de trabajar la poca tierra que tenía, apenas unas pocas hectáreas de campo que alcanzaban lo justo para pagar la semilla y tener algo que poner en la panza.

Aunque se lamentaba de su suerte por no haber tenido un hijo varón que pudiera ayudarlo a levantar cabeza, adoraba a sus dos niñas, Consentina –como la abuela materna– y María Manuela, María por la madre y Manuela por él mismo.

Su mayor preocupación era el futuro de sus hijas y de su campo.

"¡Qué va a ser de ellas cuando yo no esté!" –se preguntaba.

Y aunque trabajaba de sol a sol, nunca pudo llegar a tener más que unas pocas pesetas que se iban tan rápidamente como el agua entre los dedos.

María salía del cuarto que compartía con su hermana-madre, porque más que una hermana, Consentina era como su madre.

Volvía a entrecerrar la puerta, sin cerrarla del todo para no hacer ruido, y caminaba por el piso de piedra del pequeño pasillo hasta la cocina. Aunque a los cinco años todo parece grande, ese pasillo era interminable y misterioso para ella.

Le encantaba divisar el hueco de luz al fondo de la arcada que le daba un marco oscuro a esa luminosidad, y cuando llegaba a ella, corría de puntillas, porque la piedra del piso estaba muy fría y se servía un gran vaso de agua sacada del arroyo directamente y que se almacenaba en un enorme balde de madera que difícilmente podía levantar aunque estuviera vacío.

Luego, lejos de volver a su cama, se quedaba asomada a la ventana de la cocina y observaba la noche y sus paisajes tan diferentes.

Si la noche era clara porque había luna llena, se quedaba acurrucada, casi oculta, mirando de refilón, porque no quería ser vista por un hombre lobo.

Le fascinaba escuchar el tintineo del agua saltando sobre las piedras del arroyo que corría junto a la casa. Si se estiraba un poco llegaba a ver las gotas de agua, que para ella eran perlas brillantes, cayendo en la corriente desde el cielo. Y a la mañana, apenas se levantaba, corría hasta el arroyo para buscarlas entre las rocas del fondo, con la misma ilusión de quien busca un tesoro en el fondo del océano.

Esas mismas noches observaba también cómo el viento movía los cultivos del campo asemejando olas plateadas sobre la superficie de un inmenso lago. Todo le parecía fascinante.

Ese lugar mágico se transformaba las noches en las que el cielo estaba totalmente cubierto, ocultando todo en una negrura que parecía no tener ni principio ni fin. Entonces, mirando de lleno por la ventana, dado que no podía haber hombres lobo si no había luna, pasaba el tiempo intentando adivinar que se escondería detrás de esas sombras y ubicaba en su mente los lugares que a la luz del día conocía bien.

Los bosques de robles y hayas a la izquierda detrás del arroyo, el campo sembrado a la derecha. La verja de madera de la casa y las montañas de piedra, altas como gigantes donde las cabras pastaban durante el día.

Pero lo que más la fascinaba eran las noches de tormenta, cuando el olor de la tierra mojada lo embriagaba todo trayendo esa frescura que sólo es posible respirar en el campo. Y cuando algún rayo caía del cielo sobre el fondo del paisaje y se iluminaba todo repentinamente, cerraba con fuerza los ojos hasta que el ruido del trueno pasara y le permitiera volver a abrirlos.

Y así pasaba desvelada largas horas de la noche, jugando e imaginándose cosas en su mente, cosas que de niña se transformaron en cosas de adolescente luego y cosas de mujer adulta más tarde.

"Siempre te ha gustado la noche, mujer" –se dijo a sí misma.

Recordó también, cuando ya grande, mientras su hijo y su marido dormían, se levantaba en las noches de verano. Esas noches en las que en Buenos Aires no se puede dormir a causa del calor, y como en la calle ya no quedaba ni un alma errante a quien espiar, prefería irse para atrás, al pequeño lavadero detrás de la cocina, cuya puerta de chapa hinchada por el paso del tiempo era imposible cerrar.

Se vio a sí misma desatando el nudo que le hacía a la cuerda que usaba para mantenerla cerrada. Más que nada para que no entraran bichos porque en Buenos Aires todavía se podía vivir tranquilo y dormir con las ventanas abiertas sin temor de ser asaltado.

Y entonces salía al lavadero, donde prácticamente no entraba más que una silla en el ancho, y se quedaba sentada mirando la noche entre los edificios, tan diferente a sus noches de niña, tan sin vida esas paredes grisáceas. Pero noche al fin, y se quedaba así despierta, sola en la oscuridad hasta que empezara a aclarar o el cansancio terminara por vencerla.

Y es que por las noches las ideas se aclaraban y las decisiones más complicadas le parecían fáciles de resolver.

–Sí, siempre fui trasnochadora –afirmó en un murmullo, mientras avanzaba lentamente por este nuevo pasillo, tratando de adivinar en la oscuridad de la casa lo que vendría más adelante.

Capítulo III

Con mucho esfuerzo llegó a un codo del pasillo. Su mano izquierda tocó el borde recto del ángulo de la pared y estirándose hacia delante se afirmó con la derecha. Giró.

Un aire caliente provenía desde abajo. Miró el calefactor que se encontraba encendido y la luz de la llama que salía le permitió observar el resto del pasillo.

No era largo, tendría menos de tres metros, pero en el estado en el que se encontraba le pareció tan largo y desconocido como el de la casa de su infancia.

Sobre la pared derecha se abría una abertura en forma de arcada que daba a una sala grande y oscura. Adivinó que eso debería ser el living-comedor. Al fondo sobre la pared izquierda se divisaba otra puerta la cual estaba cerrada.

Sin saber cómo, supuso que ahí debería estar la cocina; algo le decía que era en ese lugar y no en otro. Seguramente ya había estado ahí anteriormente sólo que no podía recordarlo.

La sensación del calor era agradable. Lentamente se recostó contra la pared apoyándose sobre su hombro izquierdo; necesitaba recobrar fuerzas antes de seguir camino. La garganta ya no le molestaba tanto.

Volvió a pensar en su padre; los recuerdos de su infancia le habían traído una sensación de alegría y de angustia a la vez. Se dio cuenta de ello y no quiso deprimirse.

"¡No María! ¡No! Vamos, piensa en otra cosa, deja al viejo en paz... acaso no estabas disfrutando tanto este momento, recuerda algo agradable..."

Algo agradable... ahora no era tan fácil sacarse al padre de su mente... y la bronca y la culpa...

"¿Qué habrá sido del viejo nogal?" –se preguntó–. "Seguramente no debe quedar nada de todo eso... Realmente fui una niña feliz, pese a todo... si, fui muy feliz."

–¡Vamos María, levántate! Niña, vamos que el gallo ha llamado tres veces ya. Pero qué niña tan malcriada, no creas que no sé lo que hiciste anoche ¿eh? No, no vayas a pensar que no lo sé. Vamos que el padre ya ha salido y tenemos muchas cosas que hacer antes de que vuelva.

–Ya voy... un ratito más...

–Nada de un ratito más. ¡Que calavera no chilla! Levántese... vamos. –le dijo su hermana al tiempo que de un tirón la dejaba totalmente destapada.

–Pero... mamá Conse... déjame un...

–Nada de mamá Conse, soy tu hermana y te levantas que hay mucho por hacer. Tenemos que ordeñar la vaca, darle de comer a las aves y además hoy nos toca sacar pescado del arroyo, que con lo que ha llovido anoche, debe estar que rebalsa. Vamos que debemos buscar unas nueces primero.

Entonces sí, no le quedaba otra que levantarse, la noche anterior había sido muy larga y se había desvelado contemplando la lluvia caer por varias horas. Pero hacer las trampas para el pescado, eso si que le gustaba.

Cuando llegó a la cocina Consentina la esperaba con el desayuno preparado. Un tazón de leche tibia y unos trozos grandes de pan casero que eran su debilidad.

–¿Pero me puedes decir que es lo que haces por las noches levantada?

–Nada.

–¿Cómo que nada? Algo debes hacer, ya sabes que si el padre se levanta te va a dar una buena tunda. Mira que yo no te voy a proteger si eso sucede.

–Es que tenía sed...

–Sed, sed, siempre la sed, pero dime, ¿adónde guardas tanta agua que tomas? ¿Me puedes decir? No es posible que entre tanta agua en ese cuerpo tan pequeño.

Consentina la regañaba sólo por hacerlo, en verdad adoraba a la niña al igual que su padre las adoraba a ellas. Nunca la retaba realmente en serio.

María era, sin duda, una niña bastante consentida por ambos. Sentían tanta pena por la pérdida de la madre, que la compensaban malcriando a la niña.

Luego de desayunar y ya fuera de la casa fueron a sacar nueces verdes del nogal.

Consentina la subió en hombros para que María arrancara las nueces con sus pequeñas manitos guardándolas, una a una, en los bolsillos de su delantal.

–Dime ¿cuántas tienes?

–No sé, muchas.

–¿Qué es eso de muchas, no te enseñe a contar hasta diez acaso?

–Sí, lo que pasa es que se me olvidó el que venía después del seis...

–Oiga, ¿quiere que le salgan las orejas de burro? ¿Cuándo va a recordar que el siete viene después del seis? Venga, vamos a aplastarlas, ya tenemos suficientes.

Consentina le enseñaba todo con paciencia. Luego de sacar las nueces, las aplastaban con una roca hasta formar una pasta verde y aceitosa. Esa pasta la colocaban en varias canastillas de paja con lo que envenenaban el agua para que los peces que bajaban por el arroyo murieran y entonces los atrapaban con las manos. Todo esto a María le parecía fascinante e importantísimo.

Ella se encargaba también de alimentar a las pocas gallinas que tenían y, si había tiempo, su hermana le dejaba ordeñar la vaca.

Admiraba a su hermana, grande y linda, que sabía hacer tantas cosas bien, siempre tan segura de sí misma.

Adoraba que le contara historias de su madre, de lo bella que era, de lo mucho que se parecía a María.

Pasada una hora de haber colocado el veneno para los peces Consentina le pidió que regresara a ver si había alguno.

Fue corriendo hasta el arroyo. Más de media docena de peces habían quedado entre las piedras. Algunos ya panza para arriba, otros todavía aleteaban un poco. Apenas pudo llevarlos de regreso a la casa. Su hermana salió a recibirla.

–¡Déjame que te ayude niña! Pero mira qué bien cuántos que has atrapado. Te felicito María, nuestro padre se pondrá feliz cuando se entere de tu faena. Venga que tenemos mucho trabajo para limpiarlos –le decía, y tomaba el primero–. Mira, debes cogerlo por la cola con la cabeza hacia bajo, ¿ves? Así, muy bien. Ahora le pasas el cuchillo hacia abajo hasta sacarle todas las escamas. Luego lo abres por el medio así, y le sacas todo lo que tiene adentro, y por ultimo le cortas la cabeza, así.

–No, no puedo cortarle la cabeza a este, si me está mirando.

–Vamos niña que bien que te los comes después.

–Si pero no me gusta que me mire, además me da lástima pobrecito qué va hacer sin cabeza.

–No creo que le sirva de mucho... ¿Quieres un poco de jamón?

–¡Sí! Sí, quiero.

–Ahí tienes, ¡como te gusta el jamón! ¿eh? Pero tampoco te gustó ver cuando mataban al cerdito.

–¿Por qué lo mataron haciéndole sufrir tanto? ¿Por qué no le dieron un disparo y listo?

–Ya te lo expliqué, si le disparan se endurece, hay que hacer que le salga toda la sangre primero. Además no te preocupes, el no sintió nada.

–¿No sintió nada? ¿Y por qué gritaba de esa manera? ¿Cómo que no sintió nada? Pobrecito, yo le había dado hasta la comida en la boca de pequeño. ¿Por qué tuvieron que matarlo?

–¿Y que esperabas? ¿Que lo tengamos de hermano? Era sólo un cerdo... ¡María! Ten cuidado con esa olla ¿No ves que el agua esta hirviendo?

–Sí, ya la vi. No me grites. No estoy ni cerca.

–¿Pero es que ya te has olvidado cuando se te cayó el agua hirviendo en las piernas? ¿Ya te has olvidado lo doloroso que fue eso y el susto que nos pegaste?

–¿Cómo me puedo olvidar si estuve tres meses con dolores y las curaciones? Mira, si hasta me han quedado estas marcas feas en las piernas.

–Las marcas no son importantes, lo importante es que tú estés bien y que te hayas repuesto, pero ven acá, dame un abrazo fuerte, fuerte que por un momento me hiciste asustar de nuevo.

"Y en verdad que dolió, no lo he olvidado en toda la vida" –pensó–. "¡Que ganas de ver a mi hermana! ¡Dios, qué ganas de verla!"

Capítulo IV

Un nuevo acceso de tos la sacudió. Esta vez no lo pudo contener y tosió una, dos, tres veces tapándose la boca con el antebrazo al tiempo que reanudaba la marcha hacia la cocina.

Esos tres metros que parecían inalcanzables lentamente fueron pasando bajo sus pies fríos.

Con su mano izquierda alcanzó el marco de la puerta, en un instante ya estaba girando frente a ella.

La cocina era alargada, tendría cuatro metros de largo por dos de ancho. Sobre su derecha había una ventana y toda la pared estaba ocupada por una mesada con la pileta de lavar en el medio y que sólo se interrumpía al final, para dar lugar a la cocina con su horno.

Sobre la izquierda junto a la pared, había una mesa rectangular de madera con sillas y una heladera. Al fondo una puerta que se encontraba entreabierta y daba a un patio

Entró lentamente; sobre la mesada, junto a la pileta, estaba la vajilla lavada de la noche anterior acomodada en un escurridor plástico.

Tomó un vaso y lo lleno de agua directamente del grifo.

Prácticamente lo tomó todo de un golpe, sin respirar; la sed era mayor que la tos. Sintió un alivio inmediato: la picazón de la garganta había aflojado.

Nuevamente se llenó el vaso con agua pero esta vez tomó sólo un sorbo y lo apoyó sobre la mesa.

"No voy a volver ahora, mejor me siento para recuperar fuerzas" –pensó.

La verdad era que se sentía muy bien, ahora que la garganta no le molestaba, ahora que en su mente había una claridad inusual, no quería volver a dormir y perderse este momento de lucidez que tanto añoraba.

Corrió una silla y se sentó mirando hacia la puerta que daba al patio. De a una por vez logró levantar las piernas y apoyarlas sobre otra silla. Ahora no debería preocuparse por el frío del piso en los pies.

Recostó la cabeza hacia atrás y cerrando los ojos aspiró el aire fresco que venía de lejos con olor a lluvia y tierra mojada.

–Consentina ¿Por qué deben irse mujer? ¿Por qué no se quedan a vivir en esta, tu casa? ¿Qué necesidad hay de irse para América?

–Mire padre, eso ya lo hemos hablado muchas veces, al Antonio le han ofrecido un trabajo en la Isla de Cuba y lo ha aceptado.

–Pero Consentina, yo no puedo solo con María, sólo tiene ocho años...

–María puede cuidarlo muy bien padre, ella ya sabe cómo hacer el trabajo de la casa.

–Sí, pero la niña necesita una madre también.

Pero a pesar del enojo, la insistencia y por último las súplicas de Manuel, ni bien se casaron Consentina no tuvo más remedio en que seguir a su marido a Cuba.

Es que Consentina –a causa del padre y de María– se había quedado demasiado tiempo sin casarse, y ya con veintitrés años, las posibilidades se le iban agotando.

Seguramente de no haber aparecido Antonio, incluso sabiendo anticipadamente que él se iría a vivir a Cuba, lo más probable es que se hubiera quedado para vestir Santos.

Esa fue la segunda gran pérdida de María. A los ocho años debió hacerse cargo de la casa y del padre que trabajaba todo el día.

Lo que antes habían sido juegos, las actividades que adoraba realizar se habían convertido en una rutina agotadora que no le dejaba tiempo para asistir a la escuela.

La niña no tuvo ni oportunidad de adaptarse a esa nueva vida, debió crecer de golpe. Su padre nunca más volvió a ser el mismo. Se convirtió en una persona callada, solitaria, más de lo que siempre había sido.

Al principio recibieron unas cuantas cartas que Consentina les mandaba desde la Isla de Cuba; les contaba que se habían radicado en La Habana, que era una ciudad muy grande, muy linda, que la gente era muy amable y muy divertida, tocaban los tambores todo el día. También que estaban contentos y que los extrañaba y quería verlos pronto.

Pero las cartas cada vez se espaciaron más hasta convertirse en unas pocas al año, avisando de su embarazo, saludando para las fiestas, preguntando por María y su padre y siempre con la promesa de reencontrarse en Galicia o en Cuba, lo cual nunca se concretó.

Cuando María estaba por cumplir los quince años, su padre se enfermó de gravedad. Lo que al principio parecía un simple resfrío se transformó en una neumonía que mantuvo a Manuel al borde de la muerte por varias semanas. Finalmente logró salir pero había quedado muy delicado al punto de no poder trabajar por varios meses.

Esta situación los llevó a la más absoluta miseria. Con el campo sin sembrar, lo que tenían en la granja, más la huerta que cuidaba María sólo les alcanzaba para comer.

Manuel sabía que no recuperaría su salud por mucho tiempo; necesitaba alguien que pudiera trabajar su campo y mantenerlos a su hija y a él; de otra manera perderían sin remedio lo poco que tenían.

Así fue que ofreció a María en matrimonio al único hombre libre que quedaba en su pueblo.

José Gómez era un hombre de cuarenta y tres años, soltero y con fama de juerguista. Tenía un campo parecido en tamaño al de Manuel y lo trabajaba él mismo con uno de sus dos hermanos menores.

Se decía que José había quedado soltero porque no tenía suerte con las mujeres, aunque la realidad era que él no se había interesado en casarse porque prefería divertirse con sus amigos a tener un compromiso. Pero ahora que ya había pasado los cuarenta se daba cuenta que necesitaba tener un hijo que lo descendiera y lo ayudara a trabajar sus tierras. Por otro lado la idea de quedarse con el campo de Manuel, sumado a que la María era una niña sana y trabajadora que le daría esos hijos que él necesitaba, lo atraía.

Cuando María se enteró, gritó, suplicó y lloró. Lloró y lloró pero al final no tuvo más remedio que aceptar el deber que su padre le imponía.

No hay palabras para describir el asco y la repulsión que ese viejo le producía.

La noche de bodas fue como caer repentinamente en el infierno. Hubiera preferido morir ahí mismo.

Entendió que no sólo debería convivir con su cara, su voz, su cuerpo que tanto rechazo le producía. De repente también debería respirar su olor a vino rancio, sentir sus manos en su cuerpo, su transpiración cubriéndola entera y penetrando por cada poro de su cuerpo.

Nunca hubiera imaginado algo tan repugnante.

Afortunadamente la pesadilla no duró demasiado. La brutalidad de aquel hombre duró apenas unos minutos, aunque para ella fueron una eternidad.

Esa noche mientras su marido y su padre dormían María se levantó. Lo primero que pensó fue en suicidarse, cortarse las venas y desangrarse sin sufrimiento al igual que los cerdos; sería una muerte dulce, suave. La vida se había convertido en algo sin sentido ¿Para que aguantar eso? Su padre apenas repuesto nunca volvería a ser lo mismo para ella.

"Si Conse estuviera acá... ¿por qué nos habrá abandonado?" –pensó.

Y este viejo al que nunca llegaría a amar, ni siquiera a soportar.

Así que cuando llegó a la cocina en su mente sólo estaba la idea de tomar la cuchilla y terminar con todo de una vez.

Pero no lo hizo. A los quince años era demasiado mujer para renunciar fácilmente.

Enjabonó y refregó su cuerpo con jabón en barra, hasta que la piel se puso colorada sin conseguir quitarse el olor a transpiración. Finalmente acurrucada en el piso, pasó la noche llorando su angustia, descargando su pena y su frustración.

A partir de ese día el carácter joven y alegre de la niña vuelta mujer a la fuerza, cambió por completo. Se volvió sería, taciturna, sólo pensaba en el trabajo y soportaba con dignidad sus obligaciones de esposa.

Su marido no parecía afectado en lo más mínimo por ello, ni siquiera parecía darse cuenta, mientras la comida estuviera lista y ella dispuesta en el momento de satisfacer sus necesidades, el resto parecía no importarle en absoluto.

El casamiento forzado fue algo que nunca le perdonó a su padre, nunca más volvió a demostrarle el más mínimo indicio de afecto, ni siquiera a mirarlo a los ojos sin un dejó de resentimiento y furia. Y pese a que cuidó de él hasta que se repuso de su enfermedad, ella nunca más volvió a ser la misma.

Afortunadamente a los pocos meses María quedó embarazada; una nueva esperanza nació en su vida, tenía un motivo por el cual preocuparse y por el cual vivir. Repentinamente su marido había cambiado y se mostraba más atento con ella. Ya no la molestaba por las noches y le evitaba las tareas más pesadas.

Era evidente que él quería un hijo, pero esta nueva situación la favoreció al punto de volver a sentirse feliz por momentos.

De a poco su vientre fue creciendo y una nueva faceta de su personalidad se descubrió. Empezó a ver las cosas con otros ojos, lo que hasta ese momento era importante para ella dejó de serlo y ahora sólo se interesaba por cuidar de su barriga, de su bebé.

Soñaba en soledad. Cuando se levantaba por las noches tejía para el niño, pensaba en las cosas que harían juntos. Las cosas que le enseñaría, en cómo iba a protegerlo de tantas miserias y maldades del mundo.

Hasta su sufrimiento cobraba un nuevo sentido: jamás dejaría que él tuviera que pasar por las mismas cosas que ella había pasado, jamás lo obligaría a hacer algo que no quisiera. La vida le daba una nueva oportunidad y ella no iba a desaprovecharla.

Así pasaron los meses y llegó el invierno más frío de los que María recordaba; y una de esas noches, sin previo aviso, sin que nadie tuviera que decírselo ella comprendió que la hora estaba llegando.

–¡José!, despierte, es la hora...–le dijo a su marido, golpeándolo en la espalda.

–¿Qué dices? ¿Ya...? –respondió sobresaltado.

De un salto salió de la cama, se vistió raudamente y mientras dejaba la habitación le dijo:

–Aguanta María, voy por la partera...

–¡Apúrese! Ya quiere llegar. –le dijo al tiempo que él salía.

Fue un alivio y, pese al dolor insoportable de las contracciones, lejos de tener miedo se sintió feliz de estar sola para recibir a su hijo. Ese momento era sólo para ellos, sin extraños, sin testigos, sin olores ajenos.

Para José no fue sencillo ya que la nieve había cubierto todo el camino de la casa al establo y hasta sacar el caballo fue una hazaña.

Cabalgó lo más rápido que pudo, pero en esa noche cerrada y con tanta nieve tardó más de una hora y media en regresar con la partera.

Cuando entraron en la casa se encontraron a Manuel sentado en la cocina tomando un vaso de vino.

–¡Felicidades! –dijo levantando la copa–. ¡Es varón!

José solamente atinó a servirse un vaso de vino y tomárselo de un trago sonriendo.

Sólo la partera fue hasta la habitación y se encontró con que la niña que había hecho todo el trabajo sin su ayuda, estaba acostada abrazando la criatura prendida a su pecho.

Así que lo único que tuvo que hacer fue cortar el cordón y lavar al bebé para luego devolvérselo a la madre.

José entro en la habitación para conocerlo.

Casi tuvo que arrancárselo de los brazos a María para que se lo permitiera cargar.

–Te llamaras José –le dijo, levantándolo alto y mirándolo a los ojos.

El niño lloró y María con un gesto de desaprobación e incorporándose en la cama se lo sacó de los brazos.

No permitió que nadie durmiera con ella y el niño en la misma habitación con la excusa que pudiera contagiarse de alguna enfermedad extraña.

Y aunque a José no le causó gracia, su felicidad era tan grande que, para no discutir con ella, aceptó sin protestar.

Desafortunadamente, el haber tenido sola al bebe le produjo a María una complicación posterior al parto que la mantuvo varios días en cama. Perdió mucha sangre y se debilitó de sobremanera. Pero el miedo a ser separada de su hijo hizo que lo ocultara lo mejor posible. A los pocos días ya estaba trabajando como de costumbre, aún cuando las hemorragias y los dolores la seguían hostigando.

Capítulo V

Como era de esperar una nueva vida se descubrió ante María. Ese primer año vivió y disfrutó con mayor intensidad de lo que podía recordar.

Trabajaba todo el día con su hijo a cuestas y no se desprendía de él ni un solo instante. Ni siquiera dejaba que nadie lo sostuviera y siendo prácticamente una niña se convirtió en una madre sumamente celosa y sobre protectora. También esto se reflejaba en el niño que hacía un berrinche si alguien se le acercaba. La relación era muy especial.

Nunca se olvidaría de ese primer año –incluso en los peores momentos de sus lagunas mentales–, todo la llevaba al mismo sitio: su casa en España y su pequeño José.

Pero la felicidad de María no duraría mucho, como si su vida estuviera predestinada a la desdicha, algo totalmente insospechado le sucedió.

Fue un día como cualquier otro, como siempre las malas noticias llegan sin previo aviso. Su marido vino con la novedad de que se irían a vivir a la Argentina. En esa época se decía que era la futura potencia mundial, que las oportunidades de trabajo abundaban en ese país tan prospero, a diferencia de España, donde la guerra contra los moros había dejado mucha miseria en todas las regiones y aún continuaba en África.

Por supuesto que desde el comienzo María y su padre estuvieron en desacuerdo. En realidad a ella la idea no le molestaba tanto –de alguna manera quería hacer sufrir a su padre por haberla obligado a casarse con José–, pero no entendía por qué debían ir a la Argentina en lugar de Cuba donde Consentina vivía tan feliz.

Pero José ya tenía todo planeado y no aceptaba modificar su idea de ninguna manera. María debería viajar primero. José tenia una prima hermana que vivía en Buenos Aires la cual supuestamente la recibiría, y luego él viajaría con el niño una vez que hubiera terminado de vender su campo en Galicia.

Respecto a Manuel, debería tomar una decisión. Por el momento su salud no le permitía pensar en un viaje tan largo por mar, pero si estaba dispuesto a vender su tierra, ni bien se recuperara, lo llevarían.

Incluso, si todo se hacía rápido hasta podría viajar con José y el niño.

Nuevamente María lloró, imploró y pataleó todo lo posible, pero el gallego lo definió con un puñetazo sobre la mesa.

–¡Harás lo que te digo! ¡Viajarás en dos semanas!–

Dos semanas, pasaron como un suspiro, antes de darse cuenta estaba parada en un puerto, con el corazón hecho un nudo y una valija casi desvencijada, un poco de ropa y algunas pesetas.

No se despidió de su marido, esquivó el beso y le dirigió una mirada de odio profundo detrás de sus ojos rojos de lágrimas. De su padre tampoco se despidió, pese a que Manuel le extendió los brazos vuelto nada por la angustia de perder a su otra hija, ella le dio el abrazo más frío que hubiera podido dar.

Cuando la desprendieron de su hijo creyó que le habían arrancado su propio corazón. Pensó que no podría sobrevivir ni un instante. El niño lo percibió de igual manera y ambos se enfermaron de pena.

La escena era desgarradora para cualquiera que la estuviera contemplando.

Caminó hacia el barco y la última mirada se la dirigió a su marido: él sostenía al niño que lloraba y la llamaba. Su gesto de odio fue inconfundible, a lo que José le respondió con una fina sonrisa que a ella le pareció de satisfacción y de revancha.

A último momento abordó por la tabla y sin mirar hacia atrás; podría haberse tirado al agua ahí mismo. Todo era confusión, era como estar en el cuerpo de otra persona mirando todo desde adentro. De haber conocido el cine, seguramente le hubiera parecido estar viviendo una película. Era imposible que eso le estuviera pasando a ella. Todo era ajeno a su vida, nunca antes había estado en un puerto, nunca había visto un barco, ni tanta gente junta, nunca había pensado siquiera por un momento separarse de su hijo.

Trataba de encontrar un punto de apoyo, caminando sobre una tabla que se movía, sujetándose de una soga que también se movía, arrastrando una valija y viendo sólo rostros desconocidos. Todo pasaba muy rápido y confuso; sólo la idea de que era algo temporal, de que en poco tiempo se volvería a encontrar con su hijo le dio fuerza para continuar.

El barco se llamaba *Galicia,* era un buque de carga cuya bodega se acondicionaba para el viaje de ida como transporte de pasajeros, aunque en realidad viajaban más como ganado que otra cosa, y de regreso traía mercancías, principalmente grano y cereales.

Fue una época en la que la migración de personas de Europa hacia América era muy importante; en general era gente sin recursos económicos y sólo unos pocos tenían el privilegio de viajar en buques de transporte y muchísimos menos en primera clase.

Habiendo pasado un par de horas de zarpar, cuando su mente se aclaró un poco, lentamente comenzó a comprender, más bien a caer en su nueva realidad. Estaba en un barco lleno de gente extraña, en su mayoría hombres rudos y unas pocas familias solas. La mayoría hablaba un idioma que casi no entendía.

Ahora sólo se veía océano y el barco se balanceaba para los lados: se sentía mareada, nunca antes había navegado, ni siquiera había visto el mar, sintió que las fuerzas la abandonaban, sus piernas temblaban y un frío helado le cruzaba la espalda. La gente ya había abandonado la cubierta y buscaba refugió en los compartimentos debajo de la misma, se quedó prácticamente sola. Quiso pararse, pero al hacerlo todo comenzó a girar a gran velocidad alrededor suyo, tuvo nauseas y vomitó.

Una mujer, aproximadamente de cincuenta años llamada Ángela, gallega como ella, que viajaba para encontrarse con su familia en Montevideo la vio sola y desesperada e inmediatamente la adoptó.

Ayudándola a levantarse, le dio agua de beber luego la llevó a buscar un lugar bajo la cubierta.

Consiguió que la niña pudiera quedarse en el mismo compartimiento que estaba ella y otras cincuenta personas aún cuando María estaba asignada a otro.

Es que a pesar de su aspecto esmirriado, a los dieciséis años María era atractiva. Su rostro de facciones suaves, su piel blanca y el cabello castaño y largo lo justificaba, pero tenía algo mucho más atractivo; su mirada profunda y segura, casi desafiante que denotaba un carácter difícil de dominar.

Ángela se dio cuenta de ello, y también sabía, por experiencia propia, que los hombres y los marinos rudos que viajaban en ese barco intentarían aprovecharse al verla sola.

María aceptó esta protección como venida del cielo, y es probable que haya sido así dado que de otra manera le hubiera sido difícil sobrevivir al viaje.

No estar sola la ayudó, tuvo con quien descargar su angustia, a quien contarle su historia, un hombro para llorar cuando fue necesario y casi la imagen de una mamá o una abuela que nunca había tenido. Adicionalmente la mirada de la vieja ahuyentaba a todos los que la pretendieron que sin saber demasiado suponían que viajaban juntas.

La primera semana fue difícil sólo pensaba en su hijo, no entendía cómo era posible que Dios la hubiera puesto en esa situación, ¿qué era lo que había hecho para merecerlo? Constantemente se lamentaba de su suerte.

La segunda semana la encontró mucho más fortalecida y decidida; el carácter de María, duro de doblegar, y la ayuda de Ángela –que la sostenía y consolaba constantemente– lo hicieron posible.

Finalmente formular un plan le sirvió para seguir adelante. Dejaría de lamentarse y tampoco culparía a Dios por su suerte.

Se aferró a una pequeña rutina que la mantenía con la cabeza ocupada. Por la mañana se ocupaba de hacer las camas de ambas. Luego de desayunar, si el tiempo era bueno, subía a la cubierta e intentaba aprender lo más posible acerca de Buenos Aires de las personas que ya había estado allí. También aprendía un poco de castellano, lo cual no parecía resultarle difícil. Trataba de pasar la mayor cantidad de tiempo al aire libre, el olor rancio y la penumbra debajo de la cubierta la enfermaban.

El mayor problema eran las noches, le costaba mucho conciliar el sueño; entonces María, como era su costumbre, salía de su cama en busca de la luz de la luna y las estrellas. La noche le daba seguridad.

Era como siempre un momento de intimidad, único y reservado, casi religioso.

Subía lentamente hasta la cubierta cuidando a cada paso de no hacer ruido, perturbar a los demás era perturbarse a sí misma De alguna manera el silencio la protegía, la ocultaba de miradas y cuestionamientos, como si el hecho de no molestar a los demás le otorgara el mismo privilegio de no ser molestada.

En general, la cubierta nunca estaba vacía, aquí y allá se podían ver siluetas solitarias y oscuras, nostálgicas, algunas, apoyadas en la baranda mirando el mar negro romper en espuma debajo del barco. Otras buscando en las estrellas algún recuerdo lejano o husmeando en el horizonte, intentando determinar donde terminaba el mar y comenzaba el cielo oscuro.

En verdad no sabía que tenían en sus mentes, que recuerdos tristes los estarían angustiando, o si realmente era angustia u otra cosa. Pero ella pensaba que cualquiera que estuviera por las noches sin poder dormir, tendría el corazón tan enfermo de tristeza como ella.

Se sentía cómoda pensando esto y no quería romper el encanto de que fuera diferente. No quería saber, y jamás se hubiera acercado a nadie a preguntar, como tampoco hubiera querido que nadie le hiciera pregunta alguna. Prefería que fuera así, una hermandad de solitarios con códigos de silencio.

Finalmente al cabo de semanas de navegación divisaron puerto, Montevideo, aunque el barco recaló en la Isla de Flores, apenas un páramo ubicado frente a las costas de la ciudad. Estaba destinada a recibir a los inmigrantes que quedaban en una suerte de cuarentena si habían surgido casos de enfermedad a bordo, o tal vez menos tiempo si todos llegaban saludables, cosa muy poco probable.

La isla, una sola en realidad, parecía un conjunto de tres que, dependiendo de cómo estaba la marea quedaban unidas o separadas.

La parte más grande contaba con un faro y funcionaba además un hotel donde se quedaban los inmigrantes de dinero, dado que absolutamente todos los que venían pasaban por allí.

Luego, en el centro de la isla, estaban ubicadas unas barracas y un hospital y, por último, en el peñón más alejado que quedaba totalmente aislado de las otras dos partes cuando la marea estaba alta, funcionaba un leprosario con su crematorio.

María se despidió de Ángela como si fuera de su madre y ella le aconsejo como a una hija.

–Niña, cuídate mucho, no te olvides que si necesitas algo, Montevideo está muy cerca de Buenos Aires, no debes preocuparte, aquí te recibiremos... y cuando llegues me envías la dirección de esa prima... y no hagas caso de estos hombres, no tengas miedo el viaje desde aquí es sólo de unas horas... Pero seguro que estarás bien... ¿no quieres que vaya contigo? Yo puedo volver luego, o mejor quédate aquí y luego vamos juntas... Está bien, pero no dejes de escribir...

Después de bajar el último de los que quedaban en Montevideo, zarparon rumbo a Buenos Aires.

Tal como había dicho Ángela al cabo de unas cuantas horas María vio, incrédula, la ciudad más grande que jamás hubiera imaginado. Un escalofrío recorrió su cuerpo, ¡qué horror! ¡Que miedo! ¿Qué haría allá? ¿Cómo encontraría a esta mujer? Dios Joselito hijo, cómo estará ahora...

Capítulo VI

Como todo inmigrante recién llegado a Buenos Aires, desembarcó en Costanera Sur y fue instalada en el Hotel de los Inmigrantes, destinado, al igual que la Isla de Flores de Montevideo, a recibir, comprobar el estado de salud y registrar a los llegados del Viejo Mundo.

También allí se les instruía acerca de los usos y buenas costumbres sociales del lugar. Había todo un manual para ello ¿cómo actuar? ¿Cuáles eran los modismos propios de la ciudad y el país? ¿Qué trabajos requerían personal? ¿Cuánto se ganaba? ¿Cuál era el costo de vida?, etcétera. Recibían información sobre otros temas como historia de la Argentina y actualidad política. Prácticamente un curso para el recién llegado.

Les cambiaban el dinero que traían por moneda local y se los alertaba sobre algunos tipos de estafas a las cuales los inmigrantes, principalmente los llegados del campo, eran presa fácil de los porteños pícaros que abundaban por toda la ciudad a la pesca de algún ingenuo que cayera en la trampa.

Una semana más tarde salía por la puerta principal con su nuevo documento y lo mismo que había traído de España: una valija con un poco de ropa, algunos pesos que le permitirían sobrevivir unos días y una dirección a la que ir. Pero principalmente con un miedo terrible a tener que enfrentarse a esta nueva vida.

Y así fue, salir a la libertad la aterrorizó, por primera vez estaba totalmente sola y sin nadie que velara por ella. Caminó un poco desorientada: ahora el mundo parecía un lugar totalmente extraño e inhóspito, agresivo, nadie la miraba aunque se sentía mirada por todo el mundo. Tenia una idea de hacia dónde debía ir ya que un oficial de migraciones le había dibujado un plano improvisado.

Venciendo la desesperación inicial decidió caminar un poco antes de tomar el primer tranvía hasta la estación del tren que la llevaría a su destino.

Cada cuadra que caminaba rezaba un Ave María para que nadie se le acercara ni le hablara, "Virgen de San Nicolás, no me abandones en este momento..."

Tras una docena de cuadras, por fin logró relajarse y comenzó a dejarse llevar por su curiosidad. Todo era nuevo.

"Qué increíble que algo así exista, ¡qué lugar tan impresionante y bello...!" –pensó, casi con regocijo.

Árboles, plazas, calles adoquinadas, el bullicio de la gente, de los carros y del tranvía, la ciudad vivía a un ritmo acelerado, el día era diáfano con cielo azul, sol, y palomas por doquier. Estaba sencillamente fascinada, podría haberse quedado el día entero simplemente observando.

Al cabo de una hora de caminar llegó a una plaza, "San Martín...es un héroe de la independencia", recordó lo que había leído en su manual del inmigrante.

Se topó con un bebedero en el cual tomaban agua las palomas, le pareció muy oportuno y bebió del agua que salía fría y cristalina, se sintió tranquila.

Buscó un banco y se sentó; el día era fresco pero el sol calentaba y el cielo tenía un azul increíblemente intenso. Frente a ella había un arenero con juegos para niños

Una señora anciana daba de comer a las palomas en un banco cercano al de ella.

Saco una manzana de su bolsa y con un pequeño cuchillo tipo navaja, cortó una rodaja y la saboreó.

No pudo evitar mirar a los niños que jugaban felices y la tristeza la invadió inmediatamente. Fue como si de repente el sol dejara de calentar, como si el cielo se hubiera cubierto de nubes.

"¿Dónde estará mi Joselito?", qué terrible le parecía haberlo dejado. ¡Cómo lo extrañaba! Ese monstruo de marido que tenia, todo era su culpa, ¿para qué todo esto? Se preguntó.

"Mi hijo, mi hijito... Lo he abandonado... no debí haberme ido..." Pero que otra alternativa tenía, era ella contra su esposo y su padre...

"Vendrán pronto...", trató de pensar para animarse, pero en el fondo sentía que no sería así. Tenía un intenso presentimiento de que ya no volvería a ver a su bebé...

Se levantó de golpe para borrar el pensamiento de su mente. Ahora lo importante era encontrar la dirección donde la estaban esperando. "Paso a paso" –se dijo a sí misma–. "Basta de pensamientos negativos... Todo saldrá bien, toma los problemas de a uno, como decía Conse, no hay que desesperarse."

Se alejó del lugar, caminando a paso firme hacia la parada del tranvía que la llevaría hasta la estación del tren: no estaba lejos, menos de una cuadra. Evitó mirar el arenero nuevamente.

Tras combinar con el tren en la estación Plaza Miserere, u Once como le decía la gente del lugar, al cabo de media hora llegó a otra estación en donde debía bajarse, Liniers.

Un lugar bastante apartado, la ciudad había quedado atrás, el entorno le resultaba más tranquilo.

Usando frases cortas para disimular que no hablaba mucho castellano, consiguió que la orientaran para ubicar la calle que buscaba. Luego de caminar otras doce cuadras, por fin dio con la casa.

Era blanca, construida alejada de la vereda de tierra y rodeada por una tapia baja de ladrillos.

No era fea, pero estaba muy descuidada, el pasto crecido y los yuyos cubrían todo el sendero hasta la entrada. Las puertas y ventanas estaban descascaradas por falta de mantenimiento.

Lo que le sorprendió fue el llamador de bronce con forma de manito cerrada. Golpeó tres veces, tímidamente la primera y un poco más decidida las dos siguientes y esperó.

Escuchó pasos lentos que venían hacia la puerta: no tenía idea de cómo se vería la prima hermana de José, se la imaginaba parecida a él, petisa, morocha, y fuerte. Sólo sabía su nombre Carmen Alvear y que debería tener alrededor de cuarenta y ocho años.

"Aunque quizás no viva sola" –pensó.

Cuando la puerta se abrió apareció una señora mayor, que le preguntó que deseaba.

María le explicó que buscaba a Carmen Alvear y la sorpresa fue horrible: la mujer le aseguró que no vivía nadie con ese nombre en la casa, ni siquiera la conocía en la cuadra ni en todo Liniers hasta donde ella sabía.

Creyó desfallecer, posiblemente la presión le bajó. Sintió sus piernas como si fueran de papel y cayó al piso.

¿Qué iba a hacer? No tenía ni dinero ni lugar dónde ir, ni nadie que la pudiera cobijar.

"¡Que momento horrible!"... "era una niña, nunca debí haberme ido de España sin mi hijo, fui demasiado débil y lo acepté...eso si, fue la ultima vez, sin duda me cambió el carácter"...

Tomó otro sorbo de agua, la puerta que daba al patio trasero estaba abierta y podía ver algunas gotas de lluvia caer sobre las baldosas. La noche estaba bien entrada

"Dios qué bien me siento, ¡hay tanta paz aquí!"

Capítulo VII

Para suerte de María, la señora que abrió la puerta, la vio tan desesperada que la invitó a pasar y le ofreció algo de comer. Y luego de muchas preguntas y estudiarla un poco, le ofreció empleo. Los beneficios consistían básicamente en un cuarto y comida, a cambio de que María hiciera las veces de empleada doméstica.

La casa era de una familia de clase media baja. Allí vivían, Doña Petrona (la señora que le abrió la puerta) su hijo, el señor Alfredo Bustos; su esposa, la señora Alicia y tres niños. Alfredito, el mayor de doce años; la del medio, María Alicia de nueve y la menor, Martita, de siete. Afortunadamente ninguno era tan pequeño como para que María sufriera por el recuerdo de su José.

Ese fue su primer trabajo, de empleada doméstica. Cuidó niños, cocinó, limpió, planchó, arregló el jardín, y hasta le dio una mano de pintura a la puerta y a las ventanas de la casa.

A pesar de todo lo que hacía, acostumbrada al trabajo del campo, esta nueva vida le resultaba casi descansada.

Lentamente comenzaba a habituarse a su trabajo, al idioma y al lugar donde vivía. De alguna manera sentía que su suerte estaba cambiando.

Iba de un lado para el otro, hacía las compras, cocinaba junto con Doña Petrona. Siempre optimista y entusiasta, preguntaba todo y aprendía rápidamente.

En su mente esto era algo temporario, cuando su marido y el niño vinieran, con el dinero de los campos comprarían tierra propia y todo volvería a la normalidad.

Al poco tiempo todos la querían; en la casa, en el barrio, los negocios a los que iba a comprar, los vendedores ambulantes que pasaban por la puerta ofreciendo fruta, leche, manteca, pescados, o afilando utensilios. Muchos de ellos pasaban más seguido por su cuadra para verla, es que María era joven, blanca y muy atractiva para su edad, aunque no estaba interesada en eso, su juventud era algo que no podía disimular.

Doña Petrona los ahuyentaba y la señora Alicia se reía.

–Déjela Petrona, déjela, la María ya es una mujer y tiene derecho...

–¡Qué va! Si es una niña y yo lo conozco a ese viejo verde del Alfonso. ¿Cuándo ha venido a traer manteca todos los días? Si venía una vez cada muerte de Obispo.

Un día, la señora Alicia llamó a María, era un sábado por la tarde, ella estaba haciendo alguna cosa en el fondo con los niños.

–María, mañana es domingo, luego de la misa quiero que te tomes el día libre y salgas algún lado.

–¿Salir a un lado? Pero, señora Alicia, yo no tengo donde salir...

–Por supuesto que si tienes, además a partir de ahora te voy a dar cinco pesos por semana, con eso tendrás para salir y comprar alguna cosa que desees.

–Señora Alicia, yo no...

–Ya esta decidido, mira María, nosotros te queremos mucho y no quisiéramos perderte, pero tu eres joven y tienes que hacer una vida, no puedes estar todos los días trabajando y trabajando. Ve y pasea por Liniers, si prefieres puedes tomar el tren al centro, puedes simplemente no hacer nada o no sé, pero debes salir.

María no supo cómo reaccionar, no sabía si lo que le estaban dando era un premio o un castigo. Lo único que atinó a decir fue:

–Gracias Señora Alicia –mirando al piso, con vergüenza.

Los cinco pesos le venían muy bien. Desde que había llegado a la Argentina, cada semana, había enviado una carta a España. Cartas escuetas, sin muchos detalles, en primer lugar porque María no sabía escribir muy bien, nunca había ido a la escuela y lo que sabía era lo que le había enseñado su hermana Conse. En segundo lugar porque tampoco sentía ganas de contarle demasiado a su esposo, sólo quería asegurarse de que el supiera adónde se encontraba para que pudiera traerle a su hijo.

Envió su primera carta informando que había llegado, y que debía quedarse en el Hotel de los Inmigrantes. También escribió para decir que la famosa prima no existía o que más bien nadie la conocía y de su suerte de ser recibida por esta familia que incluso le habían dado empleo. Envió la dirección completa de la casa, incluso explicando cómo debía ser escrita para asegurarse que no se perdiera en el correo.

También preguntaba por el estado de salud de su padre y especialmente por su Joselito. ¿Cómo estaba? ¿Qué hacía? ¿Cuando vendrían? Cada carta terminaba con un pedido, más bien una suplica, para que le dieran al menos una respuesta.

La última semana no había podido enviar ninguna carta dado que sus recursos se habían agotado, así que los cinco pesos que le había prometido la señora Alicia le permitirían en principio seguir escribiendo.

Pasaron tres meses de vivir en la casa de Liniers, para María una eternidad, y no había recibido una sola línea.

La ansiedad la angustiaba, no entendía por qué no le respondían, no sabía que hacer, ¿seguir escribiendo? Seguro que si. Hacia cálculos del tiempo que se podía demorar una carta. ¿Por qué no le respondían?

–Mira María –le decía Doña Petrona intentando tranquilizarla–, de seguro que un mes al menos ha tardado en llegar tu carta, como mínimo. ¿Y si se ha retrasado por cualquier cosa? Podría demorarse hasta cuarenta días, ya sabes cómo son los del correo. Y lo mismo tenés que calcular de regreso, o sea otros cuarenta días. Y eso siempre y cuando te hubiera escrito al momento de recibir tu carta. Y ya sabes que para que eso lo haga un hombre... Es muy poco probable, ¿o me equivoco? Los hombres no sirven para escribir... En cualquier momento llega tu carta, no estés angustiada así que te vas a volver vieja como yo antes de tiempo...

María la escuchaba y asentía, dibujaba una sonrisa en el rostro para no tener que contestar, pero aún así el asunto no le cerraba. Tenía un pálpito feo, una sensación que no podía explicar.

El tiempo siguió pasando, la rutina del trabajo hizo que pasara más rápido de lo que hubiera querido y casi sin darse cuenta ya llevaba tres años en esta nueva vida.

"¿Cómo es que no volví a buscar a mi hijo?" –pensó, mientras contemplaba los charcos que se formaban en la tierra seca.

Capítulo VIII

María se hizo muy amiga de otra muchacha española, unos años mayor que ella llamada Pilar, oriunda de Oviedo, Asturias.

Pilar trabajaba también como empleada de limpieza de una casa vecina y se conocieron de manera casual, cruzándose en la carnicería o en la verdulería. Se reconocían al principio, se saludaron un par de veces y al cabo de poco tiempo se hicieron grandes amigas.

Los domingos, ambas tenían la tarde libre y solían salir juntas. Pilar frecuentaba el Centro Asturiano, y María comenzó a acompañarla y a compartir con otros paisanos, o casi paisanos, tanto como podían ser un gallego con un asturiano a principios de 1900.

Es curioso que María nunca fuera al Centro Gallego, mucho más importante que el asturiano en número de socios, pero es que le quedaba lejos y además María no tenía ningún interés en relacionarse con sus paisanos. No porque no quisiera o porque le pareciera mal, es que simplemente no encontraba motivos para socializar, la idea de hacerlo no se le cruzaba por la cabeza y si en cambio iba al Centro Asturiano, era sólo por estar con Pilar.

La amistad con ella si era algo que valoraba. Le daba oportunidad de estar con alguien que vivía una situación semejante, le permitía hablar abiertamente de lo que sentía de lo que le pasaba.

Fue el domingo 18 de Septiembre de 1927, cuando María tenía diecinueve años que Pilar la llevó al Centro Asturiano donde se festejaba San Mateo.

La Fiesta de San Mateo es una de las celebraciones más importantes de Asturias, conocida como "La Fiesta del Pueblo". Como mandaba la tradición se celebraban bailes, espectáculos teatrales, otras actividades tradicionales, competencias deportivas y artísticas. Todo acompañado por vino típico o sidra y el "bollu preñau" (un bollo que contiene chorizo y es envuelto en pan).

Pilar tenía un pretendiente, paisano de ella, el cual apareció acompañado de un amigo, Salvador, otro asturiano de veinticuatro años que había llegado de España hacía seis.

María lo saludó sin mirarlo directamente con un poco de vergüenza, no quería que fuera a pensar que eso era una cita, simplemente era una coincidencia en una salida con su amiga. Así que podríamos decir que cuando se conocieron, María no fue muy simpática.

Pilar y su novio no tardaron en desaparecer y ellos quedaron solos. La situación era por demás incómoda, porque Salvador no era un hombre de hablar mucho, es más ni siquiera hablaba, casi se podría decir que ni siquiera la miraba.

María acostumbrada a tener que defenderse de los acosos de los hombres se sintió un poco extraña ante esta actitud, y el miedo inicial se convirtió en curiosidad

Estaban sentados a cada lado de una mesa, mirando hacia el centro del salón donde había músicos tocando y algunas parejas bailando el paso doble.

Ella, cada tanto, lo miraba de reojo pero no había ninguna reacción por parte de él, ni siquiera mostraba interés por hablar al menos, lo cual consideró como un alivio, pero también le resultaba sumamente aburrido

Pensó: "¡Qué maleducado! Ni siquiera pregunta algo."

Así que se levantó para buscar algo para tomar o comer e instantáneamente él también se levantó.

Dio un paso y vio que él también se movía como para acompañarla. Le causó gracia, sin duda o era muy tímido o había asumido el compromiso de estar ahí a su lado.

Llegaron a una mesa donde se servía la comida y el se adelantó y le preguntó:

–¿Qué quiere?

–Cualquier cosa para comer esta bien...

–¿Algo de beber?

–Sí, gracias.

Ese fue el primer diálogo entre ellos,.

Volvieron a su mesa y se sentaron, el apoyó los platos y le acercó el de María, que traía su vaso.

Ella esperó a ver si él decía algo, pero no, sin mirar, se comió todo el *bollu* prácticamente sin siquiera respirar.

Ella dudó, esperó, pero finalmente se dijo: "No me voy a quedar todo mi domingo sin siquiera hablar".

–Salvador... –le dijo, él levantó la mirada y espero en posición atenta

–¿Sí?

–¿Es usted asturiano también?

–Sí.

–Y... ¿hace mucho que ha venido para la Argentina?

–Seis años.

–¿Y le gusta?

–Mmmsi...

Y eso fue todo, ni una palabra más. Cuando ya entrada la tarde Pilar regresó a la mesa, los encontró en la misma posición que los había dejado, uno a cada lado de la mesa sin siquiera dirigirse la mirada.

–Es hora de que regrese a la casa Pilar, se me esta haciendo tarde –le dijo María, un tanto disgustada.

–Pero si recién son las seis... –intentó el novio de Pilar, pero las miradas de ambas fueron suficientes como para que no insistiera.

–María, pero ¿que ha sucedido? ¿Que acaso Salvador no te ha caído en gracia? No puede ser tan malo, es que tú eres muy cerrada...

–¿Que yo soy cerrada? ¿Que yo soy cerrada? Pero si ese hombre no habla mujer, en mi vida me había aburrido tanto...

–Pero ¿me vas a decir que has estado todo el día sentada en esa silla y él no te ha hablado...?

–No sólo no me ha hablado, ni siquiera me ha mirado Pilar, ¿de dónde lo has sacado?

–María disculpa yo no sabía que iba a ser tan cerrado, Alberto me ha hablado tan bien de él, que yo pensé...

–¿Que tú pensaste? ¿Qué es lo que tú pensaste? ¿No sabes que soy una mujer casada? ¿Pilar, No estarás tratando de conseguirme un novio? ¿Te has vuelto loca?

–No María, ¿qué va? Pero si tu marido no te ha escrito en tres años, yo no quiero que te vuelvas vieja y sigas sola, debes pensar...

–¡Basta Pilar! ¿No te he dicho ya que soy casada? No puedes hacer algo así sin preguntar. ¡Que me vas a hacer enojar!

–Disculpa María, pero no quiero que estés sola este es un nuevo país, una nueva vida.

–Calla, ya basta...

Pilar se preocupaba también por María, no la veía bien tan sola, siempre pensando en su Joselito y sin saber qué hacer. Si quedarse, si regresar. Su intención era ayudarla, quizás si conocía otro hombre, podía pensar en una vida nueva. Lo mismo que ella, en España ya no quedaba nada. Debían rehacer sus vidas.

Caminaron de regreso, unas treinta cuadras más o menos, para ahorrar el pasaje. Era una linda tarde de primavera en Buenos Aires, de cielo azul y aire fresco.

–En serio María ¿que no te dijo una sola palabra?

–Pero Pilar, ¿cómo quieres que te lo diga? Ni una sola.

–Increíble... Pero dime una cosa María, ¿te ha parecido guapo?

–¿Cómo dices? ¿Qué sé yo? Ya te he dicho que soy casada.

–Pero lo debes haber mirado María. Dime en serio ¿te ha parecido guapo?

–¡Que pesada eres Pilar...! Bueno, no sé, supongo que si...

Capítulo IX

En verdad el episodio del baile de San Mateo fue bastante extraño, pero María no le dio mucha importancia; el echo de que Salvador fuera callado hasta había sido un alivio en el fondo. ¿Para que quería ella conocer a alguien en la situación en la que estaba? Su marido llegaría en cualquier momento con su hijo y esa era su realidad.

Aunque era cierto que Salvador le había parecido guapo, tampoco él había pronunciado una palabra, ni siquiera cuando ella intentó entablar un diálogo. Conclusión, él tampoco se había interesado.

Durante la mañana siguiente María se dedicó a las tareas de la casa como siempre lo hacía. Doña Petrona le preguntó por la Fiesta de San Mateo y ella le contó todo con bastante detalle obviando la parte de la existencia de Salvador. Por un lado para no ser interrogada y por otro porque le daba vergüenza, no fuera que pensaran mal de ella.

Luego por la tarde salió a hacer las compras habituales, en los mismos negocios del barrio de todos los días. Todo como cualquier día normal; pero así como un día normal se convierte en un día anormal en un instante, al regresar a la casa, María se encontró con que Salvador la esperaba en la puerta de su casa.

No es posible describir la sorpresa de María, era como si hubiera visto un fantasma, una aparición totalmente inesperada, que la dejó perpleja.

El al verla se acercó rápidamente. Y sin preámbulos le largó:

–María, sé que usted es casada y que tiene un hijo, también sé que no sabe nada de ellos desde que ha venido de España hace más de tres años y sé que usted nunca estuvo enamorada de su marido. Yo quiero decirle que desde que la conocí ayer, no hago otra cosa que pensar en usted y quisiera pedirle su permiso para poder visitarla. Cuando usted disponga que es la oportunidad indicada, y si usted prefiere, yo ya mismo pido autorización al dueño de la casa donde usted vive, para...

–Espere, espere. Usted o no habla por horas o quiere hablar todo junto en un minuto. Mire yo le agradezco lo que me dice, pero yo no lo conozco realmente, no sé de dónde saco todo lo que dijo, es verdad que soy una mujer comprometida y que tengo un hijo en España, pero mi marido vendrá en cualquier momento. Yo no puedo, imagínese.

Un prolongado y molesto silencio se produjo entre ambos que parecía no terminar nunca. María se sintió un poco mal por haber sido tan directa, quizás debería haber intentado ser un poco más sutil. O quizás Pilar tenia razón, quizás era tiempo de abrirse a otra personas, un poco al menos...

–María, yo la entiendo, no quiero ponerla incomoda, sólo permítame ser al menos su amigo…

María iba a negarse nuevamente pero la actitud de Salvador le hizo cambiar de idea. Se imaginaba el valor que había tenido que juntar ese hombre tan tímido y callado para ir hasta ahí a decir lo que había dicho y sintió ternura.

–Esta bien Salvador, no hay problema en que seamos amigos, no hay nada de malo en ello. Si usted desea. –Y agrego rápidamente no queriendo quedarse un minuto más a solas con él–: Discúlpeme, debo regresar a mi trabajo –él instantáneamente se movió a un costado para darle paso al tiempo que le abría la verja de la casa y la dejaba pasar.

–Adiós, María, gracias, espero verla pronto –balbuceó entrecortadamente a modo de saludo mientras la observaba entrar a la casa.

"¡Mi Dios! ¡A la Pilar la voy a matar!" –pensó, mientras cerraba rápidamente la puerta de entrada; y al momento que se dio vuelta, Doña Petrona estaba parada justo en frente de ella.

–María, ¿quien era ese joven? –le preguntó directamente.

–¿Cuál doña Petrona?

–María, el joven con el que acabas de hablar en la puerta que te ha dejado tan alborotada.

–No, señora no estoy alborotada, no es nadie, sólo un amigo de un amigo de la Pilar que me presentó en el Centro Asturiano, pero no sé nada de él, prácticamente no lo conozco

–¿Y por qué tanto alboroto entonces María?

–No señora, es que no quiero que nadie venga acá a visitarme y es la Pilar la que seguramente le ha dado la información, discúlpeme señora.

–No María, no hay de qué disculparse, pero al joven se lo veía apuesto y bastante nervioso por lo visto debe estar enamorado de ti, dime ¿y a ti qué te ha dicho?

–Pues que quería preguntarme si podía venir a visitarme. ¡Imagínese!

–¿Y a ti qué te parece?

–¿A mi? Nada, qué me va a parecer, si soy una mujer casada.

–Si pero tu marido esta en España y no sabes siquiera si sigue vivo.

–¿Cómo que no sé si sigue vivo? Si sigue vivo, eso lo sé, y vendrá pronto.

–María, si ni siquiera te ha escrito una línea en todo este tiempo. Además, tú nunca lo amaste, deberías permitirle a este joven que te visite.

–Pero, señora Petrona... ¿cómo dice?

–Eso María, te vas a volver vieja esperando a un fantasma, la vida sigue niña...

Capítulo X

Paso otro año, como si nada, sin cartas, sin noticias, sin nada. Pilar y su novio se habían comprometido y planeaban casarse y se podría decir que Salvador había resultado un buen amigo, fiel y paciente, eso sí, tras esa explosión de verborragia había vuelto a la normalidad. Hablaba poco y contaba poco también, pero siempre estaba ahí para lo que María necesitara. Siempre atento con ella, siempre en una actitud protectora que María no conocía en ningún hombre. Siempre con una mirada de confianza, no de deseo como los demás.

Salvador trabajaba en un restaurante, era mozo, y vivía en una pensión. El trabajo era muy malo por cierto: en esa época, los mozos trabajaban doce horas y no podían siquiera sentarse, sólo durante la media hora del almuerzo que se la descontaban de las propinas. Un trabajo muy básico, sin futuro para mantener una familia.

Pero él le ponía el pecho, trabajaba duro, también venía del campo, pero de una familia mejor ubicada, con campos propios y mucho más grandes que los de María; de hecho había estudiado varios años en la escuela –lo que se notaba–, dado que era mucho más inteligente que el resto de los inmigrantes campesinos que conocían.

Salvador era el menor de cuatro hermanos: dos de ellos habían muerto en la guerra contra los Moros y a los diecisiete años cuando le llegó el turno de hacer la milicia (dos años de servicio militar en el frente, en África), su padre lo subió a un barco y lo mandó a la Argentina. A partir de ahí se convirtió en desertor y ya no podría volver a España hasta después de treinta y pico de años de pagar al gobierno por su perdón.

Un día, sin previo aviso, así como llegan las malas noticias, María abrió la puerta de la casa donde trabajaba y vivía, y allí, parado en el umbral, estaba en cuerpo y alma su marido. ¡Qué impacto! ¡Qué susto el de María! Si se le hubiera aparecido el Diablo no le hubiera causado esa sensación tan espantosa. Encontrarse con este hombre que le producía la misma impresión desagradable que antes. Inmediatamente se dio cuenta de que nunca más volvería a permitir que la tocara.

Olía a vino agrio como siempre, pese a que estaba arreglado como para ir a misa, se lo veía mucho más viejo y feo de lo que ella lo recordaba.

María quedó petrificada.

–Hola María, ¿qué pasa? ¿No sabes quien soy?

–Si lo sé, es usted José, mi esposo.

–¿Y qué? ¿No te da alegría verme?

–He escrito cientos de cartas, nunca me respondió.

–Y para qué iba a hacerlo mujer, ¿Qué te pasa? ¿Recién me ves y ya me estás reprochando? No has cambiado nada, podrías ser más cariñosa con tu marido.

Desde la sala Petrona escuchaba todo atentamente

–¿Y dónde está mi hijo?

–¿No me vas a invitar a pasar? ¿Acaso me vas a recibir en la puerta?

–Esta no es mi casa, deberíamos ir a otro lado...

–María por favor haz pasar al señor... tu marido. El es bienvenido, en nuestra casa –se apresuró a decir Petrona, tan sería, que José dudó si lo decía en verdad o era un sarcasmo. Y no se equivocaba, en verdad Petrona quería estar presente para escuchar lo que este hombre tuviera que decir.

En verdad él no le gustaba en absoluto.

–¿Ves María? Soy tu marido y he venido a buscarte. Gracias señora...

–Petrona –lo interrumpió–, pase, siéntese ¿Le sirvo algo para tomar?

–No gracias, he venido a buscar a María, nos iremos rápido.

María estaba espantada, lo único que sabía es que no quería irse con José. Tanto tiempo había pensado en que esto pasaría pero ahora que estaban frente a frente no quería saber nada de él, la idea le resultaba repulsiva.

Pero no podía pensar sólo en ella, también estaban su hijo y su padre. José era la única alternativa de que tenía de volver con ellos.

–¿Dónde esta Joselito? ¿Dónde está mi padre?

–Tu padre ha muerto hace tres años, María. Estaba muy viejo y no hubo nada que hacer.

–Muerto... hace tres años, ¿y recién ahora me lo dice?

–¿Y qué querías? ¿Que te lo mande en una carta? Yo no sirvo para escribir mujer.

–¿Dónde está Joselito?

–El está bien, en casa de mi hermana Clara, la que vive en San Sebastián. Cuando tuve que vender los campos no pude hacerme cargo solo del niño, pero está bien, lo he visto hace menos de un año, está bien.

María no podía creer lo que estaba escuchando. Se había enterado de la muerte de su padre, de que su hijo estaba viviendo hacía tres años al cuidado de una mujer que no conocía pero que se la imaginaba peor que José y como si fuera poco que no tenían nada, ni casa ni dinero ni nada. Había imaginado este momento es su cabeza, unas mil veces, en todas las alternativas posibles, siempre y en cada una de ellas las cosas que sucedían no eran buenas, siempre eran tortuosas y ella terminaba agrediendo a ese viejo de una manera u otra. Pero siempre había algo que al final la contenía y que justificaba el salir por la puerta con él, y era el ver a su hijo, el tener la posibilidad de abrazarlo, de besarlo nuevamente y de no volver a separarse nunca más.

No podía reaccionar ni moverse; pasaron unos segundos que parecieron horas. A partir de ahí no pudo precisar qué sucedió, sólo recordó haber explotado en una crisis de nervios; gritos; insultos; golpes... Él protegiéndose con el antebrazo y Doña Petrona tratando de calmarla. Ella gritaba cuántas barbaridades se le cruzaban por la mente. Le dijo lo que pensaba y sentía. Le habló del asco que le tenía y de lo espantoso que había sido ser su mujer. Al mismo tiempo lo pateaba en dirección a la puerta.

Petrona ahora observaba en silencio, preparada para defender a María en caso de que intentara algo. Pero no fue necesario, él llegó a la puerta y, al tiempo que la abría para irse, le gritó en gallego:

–¡Te olvidas de Joselito mujer, te olvidas! Nunca más lo verás, nunca más en tu vida. Ese niño es mío, y tú ya no eres mi esposa. Tú nunca volverás a verlo.

Y tras un portazo desapareció por donde había venido

Toda la bronca y el enojo se convirtió en debilidad y llanto; pensó que se moría, deseaba hacerlo, nunca antes se había sentido tan desesperada, tan sola, tan sobrepasada por la situación, nunca. Esto era lo peor que le había pasado en su vida. No paraba de llorar ¿Para qué tanto esfuerzo y sacrificio? ¿Para qué se había separado de su hijo? ¿Qué iba a hacer ahora? ¿Quedarse ahí de por vida? Eso no era real, no podía estar pasando.

Se abrazó a Petrona como un náufrago que se abraza a un tronco que llega flotando en la corriente. Y lloró y lloró hasta que no le quedaron más fuerzas para hacerlo.

Y así fue: con veintiún años una vez más la vida golpeaba a María de manera muy dura, una vez más era huérfana, sin nada y ahora sin su amado hijo, su hijito. ¿Cómo lo buscaría?

Capítulo XI

Una vez más no fue sencillo, pero el carácter de María no era fácil de doblegar, sin duda cualquiera que pierde a su madre de niño es una persona con un carácter diferente.

Decidió que no iba a renunciar a su hijo, haría lo que fuera necesario para buscarlo, no sabía cómo, pero lo haría. Al mismo tiempo, la amistad con Salvador había dado un paso hacia delante. Cuando él se enteró de lo que había sucedido con el marido de María, tomó otra dosis de valentía y esta vez le ofreció algo más que su amistad, quería a María en serio y deseaba visitarla ya no como amigo sino como novio.

María no tuvo que pensar mucho para aceptar, la verdad es que lo consideraba hacía tiempo, el cariño que pensaba que sentía al principio, se había convertido en verdadero amor, y ella había tratado de taparlo, de ocultarlo por mucho tiempo, pero ya no valía la pena hacerlo. Ahora se sentía totalmente libre de comenzar una nueva vida. Así, lentamente, comenzaron a verse hasta que un día al cabo de un año decidieron ir a vivir juntos.

Por supuesto no hubo boda, sí unas alianzas y un pequeño brindis con sus amigos más cercanos y por supuesto también con los Bustos que era lo más parecido a una familia que tenía María en el país.

Para ellos fue difícil desprenderse de María, la pareja se mudaba de Liniers a Once, a un conventillo en la calle Alsina y ella ya no trabajaría todos los días, aunque si habían acordado de lunes a viernes por la mañana hasta después del horario en que los chicos volvían del colegio.

El conventillo no era gran cosa, pero para la pareja fue su primer hogar. Como todo conventillo era una casa grande con un patio central y una cocina compartida y para la mayoría de las habitaciones el baño también era compartido. Luego contaba con siete habitaciones alquiladas a diferentes personas. Al igual que en el noventa y nueve por ciento de los conventillos, convivían inmigrantes venidos de diferentes lugares del mundo, españoles, italianos, franceses turcos y rusos, todos mezclados en la misma casa, con las diferencias de costumbres que cada uno traía, y con el común denominador de un origen pobre y difícil. Muchos de ellos venían refugiados de alguna guerra o escapando de cuentas pendientes con la justicia. Todos tratando de hacerse un espacio en esta América prometedora.

Para cuando llegaron, María ya tenía veintitrés años y Salvador veintisiete, parecería poco pero para la época en que vivían y con las experiencias que traían, eran adultos totalmente maduros.

"Fueron tiempos duros" –pensó–, "pero la verdad es que fui feliz realmente, fuimos felices. Trabajábamos como burros y sólo alcanzaba para llegar a fin de mes, pero así estaban todos, así era la vida en esa época y lo poquito que íbamos progresando era muy valorado por nosotros."

La pareja removió cielo y tierra en busca de Joselito. Salvador hizo todo lo posible porque sabía lo que significaba para María, incluso si encontraban al menos un indicio de dónde podía estar ella se iría a buscarlo; tenían el dinero para el pasaje reservado.

Pero, desafortunadamente, todos los esfuerzos e intentos que hicieron cayeron en saco roto. María nunca había sabido de una hermana de José en San Sebastián y no había forma de encontrarla. Tanto el chico como el padre, habían desaparecido.

Al mismo tiempo intentaban todo lo necesario para tener un hijo propio, pero María no quedaba embarazada. No había manera; consultaron a todas las brujas y comadronas, intentaron todas las posiciones, comidas, aditamentos y ungüentos, pero nada daba resultado, María parecía inservible para quedar embarazada nuevamente. Ella recordaba lo difícil que había sido su parto y culpaba de eso a su incapacidad. Además los médicos en esa época tampoco sabían demasiado y lo que sabían no lo aplicaban con los pobres.

Así pasaron los años, cinco exactamente y seguían juntos, en el mismo conventillo. El progreso había consistido en poder cambiarse a una habitación con baño propio, cuando falleció la que la ocupaba, una turca con la que María se peleaba constantemente por todo: por la soga para colgar la ropa, por el horario de utilizar la cocina, por la posición de la maceta con el malvón que estaba en el patio. Todo era motivo de discusión con la vieja turca. Pero como no hay mal que dure cien años, un día la turca falleció, y lo más increíble fue que María hasta sintió pena por ella.

Por lo que cuando llegó Ana Valerga al conventillo, la pareja era de los habitantes más antiguos del lugar así como de los más pudientes económicamente, si se puede usar el término para describir la diferenciación social que significaba la habitación con baño propio.

Por el resto de las cosas, todo seguía igual, mismos trabajos y mismos ingresos, mismas penas y mismas alegrías e ilusiones, excepto por el hecho de no poder tener un hijo, de lo cual ya estaban prácticamente desesperanzados.

Ana Valerga era una joven hija de italianos que vivían en el interior del país; ella era la menor de cinco hermanos y la única nacida en Argentina.

Pero no era esta la única diferencia entre Ana Valerga y su familia. Con diecinueve años se podría decir que era una joven independiente para la época: tras varias peleas y discusiones familiares, se había ido de la casa y su única opción era ir a la Capital, o prostituirse cosa de que estaba segura que no haría.

Esta chica conmovió el corazón de María que se vio reflejada en carne y hueso en esta niña, e inmediatamente la adoptó como su hermana menor.

Se propuso como objetivo protegerla y ayudarla. Muchas veces le daba algo de dinero sin que Salvador supiera, además siempre le preparaba comida, dado que Ana parecía bastante inútil para cualquier tarea manual y constantemente la aconsejaba y consolaba.

Si bien no provenía de una familia rica, Ana era de una posición social diferente. Esta chica, que había concluido sus estudios básicos y secundarios, tranquilamente hubiera podido trabajar en cualquier empresa moderna, pero en la década del '30 no era tan usual encontrar mujeres jóvenes en puestos empresariales. En general había trabajos como la costura y la cocina, en lo que encajaban perfectamente, aunque Ana no podía hacer ninguno de los dos.

Salvador no opinaba nada al respecto, se mantenía al margen, pero era evidente que Ana no era totalmente de su agrado. Sus ideas socialistas, también muy revolucionarias para la época, era algo que a Salvador sinceramente le molestaba, sobre todo viniendo de alguien que ni siquiera había visto un fusil, pero que hablaba y debatía de todo como si tuviera un doctorado en el tema.

Al poco tiempo de vivir en el mismo conventillo, Ana apreció con un novio, un señor mucho mayor que ella. Salvatore Germinaro pasaba los cuarenta años, era también italiano de Nápoles y la visitaba y la cortejaba como cualquier novio normal, salvo por un detalle: era casado y tenía hijos.

Al principio María no desalentó a Ana, se mantuvo prácticamente al margen de las ilusiones de ella, sólo la aconsejo, al verla tan liberal, de no hacer locuras; se refería obviamente a no tener relaciones hasta no estar conviviendo al menos, concepto muy liberal para el momento pero que era parte de la propia experiencia de María.

Ana asintió, pero no se mostró muy convencida, y posiblemente su debilidad fue la que le trajo complicaciones. Al cabo de tres meses estaba embarazada y Germinaro había desaparecido.

No es posible describir con palabras la tragedia que se vivió: tal fue la angustia y la desesperación de Ana, que hasta la misma María fue a buscar a Germinaro.

El mal nacido negó cualquier acusación, y culpó a Ana de rápida y altanera insinuando que seguramente estaría embarazada de algún otro hombre. María lo hubiera matado a golpes pero tuvo que tragarse la bronca.

El próximo paso fue contactar a la familia de Ana, para lo cual María viajó hasta el pueblo donde vivían, a pesar de la desaprobación de Salvador. Pero la suerte no fue mejor. Al enterarse, el mismo padre la negó y le advirtió que nunca se acercara por su casa bajo amenaza de castigos exagerados. Sólo un hermano, quince años mayor que de ella, apareció para ayudarla, con dinero y con consejos.

Al cabo de nueve meses nació el niño. Ana lo llamó Salvador María en agradecimiento a todo lo que el matrimonio había hecho por ella; por el soporte económico, el apoyo emocional y todo en general dado que María era amiga, hermana, y hasta madre con ella.

María se sintió halagada y a la vez impresionada por el gesto de Ana, y fue tan así que le pidió a Salvador que le diera el apellido al chico. Que lo reconociera como propio. Salvador quedó helado con el pedido, aunque no demostró reacción alguna, como era su costumbre. María insistió y argumento, y realmente sus motivos eran muy válidos; en esa época, ser hijo de madre soltera, para un chico era una carga. Tanto en la escuela como en la vida iba a tener que soportar el mote de bastardo. Salvador accedió convencido por María y conmovido por la suerte del niño, aunque no del todo convencido de Ana, dado que a pesar del llanto y los lamentos y que daba la impresión de que había aprendido la cruda lección que la vida le daba, todavía había algo en ella que no le gustaba.

Levantarse de la silla le resultó casi sencillo, considerando las circunstancias, y recién se dio cuenta cuando estaba de pie.

"Bueno..." –pensó–, "me estoy volviendo más joven" –y no pudo evitar reírse de sí misma.

Caminó rumbo a la puerta abierta, prácticamente ya no llovía; es que la lluvia dura muy poco en la Patagonia del lado del Atlántico. La noche estaba fresca, pero el olor de la tierra mojada era un perfume casi hipnótico, a pesar de no ser el mismo olor a tierra de campo, a tierra negra; este olor era diferente, más como a arcilla, mezclado con salado del mar, pero igualmente agradable.

Apoyó la mano en el marco de la puerta, y se quedó parada justo debajo del dintel, seguía descalza pero ya no le importaba demasiado. Aquello era muy tentador, era una invitación a la vida que le llegaba después de mucho tiempo de estar en las sombras, se sentía como un preso recién salido en libertad. Sentía la vida entrando por todos los poros de su cuerpo.

Sentía, sentía de manera consciente.

Capítulo XII

Ana Valerga era la hija menor de un matrimonio de genoveses. Su madre Giovanna Costa y su padre Pietro Valerga habían venido a la Argentina como otros tantos inmigrantes con sus cuatro hijos.

Los motivos fueron varios: en esa época lo común era que tanto españoles como italianos buscaran la forma de progresar y parecía que la única opción era la que les ofrecía el nuevo mundo, "¡Hacer la América!"

Para los españoles el lugar directo por naturaleza era principalmente el Río de la Plata y algunos de ellos también iban a Venezuela o Cuba, dado que eran los únicos países que los recibían sin ningún condicionamiento. Los italianos tenían también la opción de ir a Estados Unidos o Canadá, ambos países también abiertos a la inmigración, les brindaban igualmente posibilidades siendo que de cualquier manera el idioma tampoco era el de ellos.

Esto puede verse en los museos de inmigrantes de estos países. Ciudades como New York, Chicago, Toronto, Buenos Aires, Montevideo, Caracas, entre otras, son hoy lo que son gracias a miles de inmigrantes que fueron a dejar la sangre en busca de un futuro para sus familias.

Giovanna Costa era hija de marinos, como la mayoría de los habitantes de Génova. Su abuelo, con alguno de sus hermanos, se habían apartado del negocio familiar de pesca y fundado una empresa de transporte marítimo en 1854 entre Génova y Cerdeña: "Línea Costa" la llamaron, el negocio era el transporte de telas y aceite de Oliva, posteriormente conocida como la famosa línea "C", o Costa Cruceros.

Giovanna se enamoró y se casó con Pietro Valerga, un carpintero naval de oficio, quien no se llevaba bien con su familia. Aparentemente entre los Costa y los Valerga había un pasado de disputas que bien hubieran podido inspirar a Shakespeare para su historia de Capuletos y Montescos. El matrimonio no fue bien recibido por ninguno de los bandos.

Pasados cinco años de casados y con cuatro hijos, los problemas familiares no habían desaparecido y cada vez más se filtraban en la pareja. Este fue realmente el principal motivo por el que emigraron, para alejarse de sus respectivas familias y preservar la salud y la integridad del matrimonio.

El destino elegido fue la Argentina. El motivo muy simple, era el primer puerto de recale luego de Montevideo, con la ventaja de que no exigían los cuarenta días de exilio en una isla apartada, como era el caso de Uruguay.

Buenos Aires les permitía ingresar a la ciudad en una semana, máximo diez días y considerando que venían con cuatro niños pequeños en un viaje de más de treinta días, tanto la cuarentena como la idea de continuar la travesía hasta Venezuela o Estados Unidos quedaban descartadas.

Se radicaron en la zona de Paraná, en el interior del país. En ese entonces los ríos Paraná y Uruguay tenían una alta demanda de mano de obra para todo lo relacionado con el transporte marítimo y por ende había cada vez más trabajo en los astilleros, tanto para la parte mecánica y de motores como para la carpintería.

La decisión no pudo ser más acertada, el matrimonio logró progresar rápidamente. El oficio de Pietro era muy requerido y también bien pagado, dado que no había muchos oficiales con la capacidad y la experiencia que traía de Génova.

Al poco tiempo pudieron construir su casa y darle educación a sus hijos, superior a la que hubieran aspirado a brindarles en el viejo continente.

Ana fue una sorpresa mayor para todos. El matrimonio ya había definido que cuatro hijos era más que suficiente. Ya hacía diez años que Giovanna había dejado de lavar pañales y tampoco era tan joven como para empezar de nuevo.

Pero como el hombre propone y Dios dispone, inesperadamente Giovanna quedó embarazada.

De cualquier manera la noticia fue muy bien recibida y festejada por la pequeña familia. La vida y la nueva patria los bendecía. Pietro eligió el nombre, la llamarían Argentina si era niña o Argentino de ser varón como una muestra de agradecimiento a lo que el país les estaba dando. Sin embargo meses antes de nacer Ana, un paisano amigo de Pietro tuvo una niña y les ganó con el nombre.

Única hija mujer, lo natural hubiera sido llamarla Giovanna, pero la madre, a la que no le gustaba su nombre, se negó rotundamente y aceptó sólo la parte final del mismo. Anna, anotada finalmente como Ana, dado que el empleado del registro civil se negó a hacerlo con dos enes argumentando que eso no era correcto y casi–casi tratándolos de ignorantes.

Ana fue criada y malcriada por sus padres y hermanos. La trataban como a una princesa, no tanto en cuestiones de lujo dado que como toda familia italiana y laburante eran muy austeros, sino porque la protegían de todo y la consentían en cuanto capricho a la niña se le ocurriera

Desde su adolescencia, quizás como una forma de llamar la atención, tal vez como a todo joven al que no le falta nada y se le está muy encima, pero en el fondo no se lo escucha realmente, Ana comenzó a rebelarse contra las ideas de su padre y de sus hermanos.

A ojos de ellos era siempre una chiquilla malcriada y en el fondo no la tomaban en serio mientras que Ana sentía que la protegían pero no le daban el espacio que ella merecía.

Cuanto más la encuadraban, más se desencajaba. Comenzó con ideas liberales, luego socialistas, luego feministas y así sucesivamente. No entendía por qué sus hermanos podían definir su futuro y ella no. No entendía ni aceptaba que por el solo hecho de ser mujer no pudiera estudiar o trabajar de lo que se le antojara.

Así vivía amenazando con que no se casaría y no terminaría lavando y planchado en su casa para un hombre. Iba a demostrarle al mundo y en especial a su padre y sus hermanos que ella era tan buena como cualquier hombre.

A pesar de toda esta rebeldía, a los diecisiete años terminó sus estudios secundarios, y con muy buenas notas. De esta manera alcanzaba el límite final, a partir de aquí sólo le quedaba estar en la casa con su madre hasta que algún muchacho se interesara por ella, pero con cuatro hermanos mayores y su carácter indomable y discutidor, esto tampoco parecía fácil de conseguir.

Quiso seguir estudiando, a lo que su padre se opuso directamente: Ana debía aprender a hacerse cargo de una casa, dado que no sabía hacer nada de lo que una mujer debe hacer. Pero desafortunadamente las cosas no iban a ser así, no desde el punto de vista de Ana. Comenzaron las discusiones y las peleas. Al principio un tanto esporádicas hasta que se hicieron cosa de todos los días. Ya no había ningún tipo de diálogo, era una continua lucha con su padre. Ana vivía castigada y aún así no aprendía a hacer nada de lo que ellos pretendían.

Cuando tomó la decisión de irse de la casa a los diecinueve años, les dejó una carta sobre la mesa de la cocina. Les decía que era su vida, que no aguantaba más esa situación que no iba a volverse vieja sin hacer nada y que se iba para encontrar su camino.

Fue un sábado de duelo, para sus padres y para los dos hermanos que todavía vivían en la casa; aunque en el fondo todos, incluyendo al padre, sintieron un poco de alivio por no tener que continuar viviendo en ese infierno de peleas.

Ese sábado Ana juntó sus ahorros y algo más que tenía escondido la madre en una lata y se tomó el primer tren a la capital. Era su primera vez sola, no había ido nunca, pero sabia que una mujer como ella podría trabajar o continuar estudiando. No tenía un plan formulado pero sí una idea de lo que quería.

En su mente pensaba llegar y deslumbrar aunque la realidad fue otra y la deslumbrada terminó siendo ella misma.

Sin sus padres ni hermanos cerca, sintió una libertad que nunca había vivido. El lugar era nuevo y el futuro era incierto pero la alegría de sentirse dueña absoluta de su vida no se comparaba con nada de lo que había vivido hasta el momento.

El primer lugar que encontró fue el Conventillo de la Calle Alsina. Casi de casualidad mientras vagaba sin rumbo por la ciudad, más perdida que otra cosa, el destino le mostró un cartel de "habitación vacante" y decidió que ese era un buen lugar por donde empezar.

La primer sensación quizás haya sido la misma que puede tener cualquiera que llegue a un lugar muy humilde, habitado por gente de clase social baja, proveniente de diferentes culturas; pero las ideas socialistas de Ana le hicieron ver todo con ojos románticos y hasta sentir que de alguna manera encontraba su lugar en el mundo.

Inmediatamente fue adoptada por una mujer mayor llamada María, la cual creía ver su historia reflejada en Ana. Pero ella era muy diferente tanto social como culturalmente, y si bien aceptaba su protección y ayuda con gusto, no dejaba de ver a María como una persona de menor nivel y mayores limitaciones.

La idea de mujer independiente la cautivó desde el comienzo. Intentó buscar algún trabajo que estuviera acorde con su nivel, un trabajo en el que pudiera desarrollarse. Pero parecía que esta sociedad no estaba todavía lo suficiente evolucionada para recibirla y así, lentamente comenzó a comprender que su futuro no sería tan simple como ella lo había planeado.

María se esforzaba por ayudarla pero sólo podía pensar en trabajos a la medida de sus propias limitaciones. Así fue que lo mejor que le consiguió fue para ayudar en un almacén de barrio. Y Ana no tuvo mas remedio que aceptar pero que nunca le gustó. No era a lo que había venido a hacer a la ciudad. No era el objetivo que tenía para su vida y no hacía más que fallar a sus obligaciones.

Finalmente comenzó a comprender su fracaso y a entender que su sueño de ser una mujer independiente no era posible. Comenzó a pensar en la posibilidad de volver a la casa de sus padres con la cabeza gacha y el rabo entre las piernas. Pero el destino tenía dispuesto otro futuro para ella.

Cuando parecía que la decisión estaba tomada, a la vuelta de la esquina, conoció a un hombre que la fascinó desde el primer momento, Salvador Germinaro, mucho mayor que ella. Era un hombre exitoso y seguro de si mismo, cálido y conquistador supo cómo enredarla con promesas de matrimonio, de compartir una vida, juntos y felices.

Primero le dijo que era separado, luego resultó que todavía vivía en la casa de su mujer y que lo hacía por sus hijos pero que su vida era un tormento espantoso y que sufría a causa de no poder irse. Era un hombre duro por fuera pero por dentro sufría mucho y a ojos de ella, era un hombre sensible y noble aunque infeliz. Al igual que Ana se sentía descolocado viviendo una vida que no era la de él. Y esto la terminó de enamorar.

Al cabo de tres meses de romance y habiéndose llevado su virginidad, Germinaro desapareció, aunque no totalmente: dejó como único regalo su semilla en el vientre de Ana.

Golpeada y rechazada, con la autoestima destruida, como nunca en su vida, sabia que ya no tendría oportunidad de volver a la casa de sus padres estando embarazada, Ana aprendió de golpe la dura realidad de su vida. ¿Qué haría? Ya no podría ser la mujer independiente y exitosa que había planeado. Ya no tendría a su amado y debería cargar y ser responsable de un hijo.

Cayó en un profundo estado depresivo y se aferró a María, su única amiga que luchaba por sacarla adelante. Al cabo de nueve meses, todavía trabajando en el almacén nació el chico, lo llamó Salvador María en agradecimiento a la pareja que tanto hacía por ella. Con una actitud que terminó por sorprenderla, Salvador se ofreció a darle su apellido, sólo para que el chico no fuera tratado como bastardo.

Así Ana pudo seguir trabajando en el "Boi Morto" y María le cuidaba su hijo durante el día como si fuera propio.

Parecía que las cosas por fin se acomodaban nuevamente, su hermano mayor la visitaba y la ayudaba, quería que volviera a su casa, quería que su familia se hiciera cargo de su hijo aunque necesitaba preparar al padre para que los aceptara. En definitiva era su nieto, sería duro al principio pero finalmente estaba seguro de que todo saldría bien.

Pero nuevamente no todo sería fácil, sólo habían pasado tres meses del nacimiento del chico cuando Germinaro volvió a buscar a Ana, nuevamente con promesas de dejar a su familia y de vivir juntos, de comprar una casa para ellos y para el niño, y muchas otras cosas. Nuevamente Ana cayó en sus redes, era demasiado dulce y tentador, le decía lo que ella quería y necesitaba escuchar. Mintiendo a María y a su hermano, volvió a caer en los brazos de la persona que amaba. Volvió a creer en las promesas huecas que él le juraba y una vez más volvió a quedar embarazada.

Y como dice el dicho: "el lobo siempre es lobo aunque se vista de oveja", y tal como había sucedido la primera vez, Germinaro desapareció de la misma manera que lo había hecho un año atrás, sin siquiera querer reconocer a su nuevo hijo.

Esta vez pareció ser demasiado para todos. Su hermano que hasta el momento había tratado de ayudarla se ofendió de tal manera que no quiso volver a verla. María, si bien no lo decía abiertamente y continuaba siendo su única amiga, también la miraba con desconfianza y recelo.

Ana entendió que esta vez no habría otra oportunidad. Había ido demasiado lejos y sobre todo había traicionado la confianza de las personas que estaban ayudándola sin condicionamientos. Se justificaba internamente diciéndose que lo había hecho por amor, pero en el fondo sabía que no era razón suficiente para haberles mentido de esa manera.

María ya se había hecho cargo de Salvador María y este nuevo hijo no tendría tanta suerte. Nuevamente Ana, desesperada por la situación, embarazada y en constantes conflictos con su trabajo, no veía la manera de recuperarse y mucho menos de que alguien pudiera salir en su ayuda.

Para entonces a sus amigos, Salvador y María, las cosas le estaban yendo muy bien. Salvador había comenzado un trabajo que le estaba permitiendo ahorrar bastante dinero y se podía anticipar que en cualquier momento se irían del conventillo.

El día que el niño dijo su primera palabra "mamá" se la dijo a María y Ana con el corazón roto lo aceptó con pena y resignación; ciertamente era más madre que ella, a pesar de que lo hubiera parido.

Antes de cumplir un año, cuando Ana ya estaba a un mes de dar a luz su segundo hijo el matrimonio le pidió, le ofreció o como quiera decirse, hacerse cargo de Salvador María como si fuera propio. Ellos se estaban por ir del conventillo para un futuro mejor, y les parecía que Ana no podría quedarse con los dos. Lo cual era cierto. Ellos lo amaban como si fuera propio. Ana sabía que sin duda iba a estar mejor con ellos, era una realidad. Pero aún así no era lo mismo, que el chico llamara mamá a María no significaba que lo fuera, tampoco que a ella esto le gustara. No era lo mismo dejarles al chico durante el día a darlo de manera definitiva en adopción y convertirse en una extraña para el.

Pero no veía otra opción; no podía hacerse cargo de dos niños, ni siquiera sabía cómo hacer con uno. Sintió que no tenia alternativa o creyó no tenerla, aún así la decisión no la podía tomar, no podía decirle a María que no, sabía lo mucho que representaba un hijo para ellos, y sentía el compromiso de devolverles los constantes favores. Pero aún así esto era demasiado.

Trató de buscar opciones, de ver que podría hacer y nada parecía tener sentido. ¿Cómo era posible que hubiera llegado a esta situación? ¿Cómo había sido tan ingenua y tan inconsciente? Justamente ella que creía ser más inteligente y superior que el resto, ¡Dios que injusticia tan grande! ¿Qué tanto habría pecado para estar en esta situación?

La culpa la enloquecía, la idea la carcomía, y el trato ahora era claro; no ofrecían cuidarlo, ofrecían mucho más, querían quedárselo, criarlo como propio.

En el fondo la oferta le parecía injusta, hubiera esperado que siguieran ayudándola, que siguieran cuidando de su hijo, o mejor dicho de sus hijos pero conservar la autoridad de madre. Sentía que se aprovechaban de la situación, de su desesperación por ver que no tenía opción, pero ¿qué podía hacer? Nada.

Finalmente se convenció de que no había otra alternativa. Sin duda el chico tendría un mejor futuro que estando con ella. ¿Y si les decía que no? ¿Y si decidía quedarse con sus hijos? Lo más probable es que terminaran en la calle, y no habría otra oportunidad, ya había desaprovechado muchas, ya había ido muy lejos con todo esto.

Aceptó, como quien toma un vaso de veneno. De común acuerdo hicieron un pacto de no hablar del tema con nadie, ella lo podría seguir viendo por supuesto, eran una familia al fin de cuentas, pero lo mejor sería ocultar la verdad, cosa muy común en la época, ocultar como se ocultaba todo, al menos hasta que el chico fuera más grande le sugirió María. Y Ana no pudo ocultar la angustia y la bronca al ver la alegría que esto les producía a ellos.

Lo bautizaron según la tradición católica, como era su tradición, aunque Ana no creía en la iglesia. El cura lo vio tan tranquilo que lo llamó Panchito, y así le quedó de por vida.

En 1940 nació el segundo hijo de Ana, hacía un año que había comenzado la Segunda Guerra Mundial y Ana se sintió inspirada por los partidos socialistas (más bien fascistas, mal llamados nacional socialistas) y lo llamó "Adolfo Benito"; no hace falta decir quienes inspiraron los nombres, sólo que este chico no tuvo la suerte de evitar ser bastardo, dado que nadie le dio otro apellido que Valerga, el de su madre.

Cuando la pareja dejó el conventillo, y se mudó a su nuevo departamento de Liniers, Ana creyó que era momento de buscar otro camino.

La relación con su amante y padre de sus dos hijos había terminado rotundamente. Después de nacer Adolfo comprendió que Germinaro nunca iba a cumplir esas promesas, nunca dejaría a su familia y ni siquiera blanquearía la relación ni reconocería a sus hijos.

María tenía razón respecto a él: no era más que un mal nacido que la usaba a su voluntad.

Ana, lejos de la protección del matrimonio y de toda ayuda económica y sin poder dejar al nuevo hijo con nadie, decidió volver a la casa de su familia, en el interior del país. Pero su familia le dio la espalda, hasta su hermano mayor le reprochó su segundo hijo y sus mentiras.

Sin dinero, sin parientes, sin amigos y con la determinación de no regresar con Germinaro nunca jamás, Ana comenzó su derrotero para intentar sobrevivir junto con su pequeño. Las alternativas –fuera de la prostitución–, no eran muchas y ninguna proyectaba un futuro digno.

Pero Ana también tenía un carácter fuerte y mucha determinación. No iba a prostituirse, trabajar como mucama tampoco era opción dado que nadie quería una joven con un hijo, y había algo que ahora si sabia con seguridad y era que a este niño no lo iba a dejar con nadie ni en ningún lado.

Finalmente consiguió trabajo en una fiambrería, en la cual se lo permitían tener con ella, además le daban una pieza donde vivir y dormir por las noches.

Cada oportunidad que tenia, viajaba a Buenos Aires para visitar a María y fundamentalmente para ver a su hijo. ¡Que difícil era para ella! Le partía el corazón. Verlo y saber que no lo podía llevar consigo, ya no era opción, no hubiera podido sacárselo al matrimonio Fernández después de todo lo que hacían por ella y por Panchito.

Además ellos estaban cada vez mejor, se notaba que iban ascendiendo rápidamente de clase. Se veía que había dinero, a Panchito no le faltaba nada, a diferencia de su hermano Adolfo.

Se lo veía grande, sano, fuerte, siempre bien vestido, limpio y arreglado; mientras Adolfo no tenía ni una cama propia donde dormir. Siempre estaban cambiando de un lugar a otro, de una pieza a otra, de un colegio a otro. ¡Que distintos eran! Se sentía culpable y también sentía lástima por Adolfito que nunca tendría las oportunidades de su hermano, ni siquiera tendría más familia que ella.

María se daba cuenta del sufrimiento de Ana, pese a lo mandona que era seguía siendo buena y protectora con ella. Siempre le daba cosas, ropa, comida, algo de plata también. Había mucha culpa entre ellas, una por sentirse obligada a comprar con dinero el silencio y el derecho a tener al niño; la otra por la culpa de haberlo regalado o abandonado y por no poder devolver el dinero ni los favores que recibía.

Pero el de Ana era un sentimiento muy feo, culpa, remordimiento, angustia, dolor, tristeza, fracaso, envidia. Sabía que debía estar agradecida porque Panchito pudiera tener una familia de verdad aunque ni siquiera supiera que ella era su madre. Pero sufría y no podía evitarlo ¿Qué clase de madre regala un hijo?

Capítulo XIII

Salvador tenía un compañero de trabajo en el restaurante, un joven en su misma situación que también era mozo. Eran tan parecidos en historia, carácter y personalidad que tranquilamente podrían haber sido hermanos. Para mayor coincidencia se llamaba Salvatore.

La única diferencia entre ambos era que uno provenía de España y el otro de Italia, una nimiedad tratándose de inmigrantes peleando y viviendo la misma realidad cotidiana.

Desde un comienzo se hicieron muy amigos, amistad que duraría hasta el final de sus vidas.

Cuando Salvador se juntó con María y se fueron a vivir al conventillo, ya llevaban muchos años trabajando en el restaurante, siempre como mozos, catorce horas diarias con un solo feriado semanal y sin ninguna mira de progreso.

Hartos de esta situación y posiblemente gracias a que el trabajo de mozo genera mucha confianza con los clientes habituales del lugar, comenzaron a "levantar" apuestas de manera clandestina.

En esa época el negocio del juego era controlado cien por ciento por El Estado y las apuestas denominadas ilegales eran perseguidas y punibles de cárcel.

Pese a esto, parecía que ambos tenían un talento natural para llevarlo a cabo. En primer lugar eran muy prudentes, jamás se entusiasmaban demasiado. Estaban convencidos que la única manera de tener éxito era la de fijar un monto determinado y no querer ser famosos y ricos de la noche a la mañana.

En segundo lugar eran sumamente leales y honestos con los apostadores. Jamás fallaban a un compromiso, dejaban de pagar o se olvidaban de una deuda, algo que la mayoría de sus clientes o amigos reconocían y valoraban en ellos.

En tercer lugar, la apuesta misma sólo la manejaba Salvador quien tenía una memoria asombrosa. Nunca necesitó anotar un solo número o un nombre; manejaba la cantidad que sabia podía retener en su mente. Habilidad que les permitió sobrevivir los continuos acosos de la Policía que nunca pudo conseguir pruebas suficientes en su contra.

Como haya sido, la realidad fue que al poco tiempo de comenzar esta actividad, Salvador había ahorrado el suficiente dinero como para salir del conventillo y mudarse a un lugar mejor.

La felicidad que esto les producía estaba empañada por el hecho de pensar en que sucedería con Panchito y con Ana. Amaban al niño como si fuera propio, sobre todo María que no podía imaginarse en tener que dejar a ese chico que la llamaba mamá como si realmente lo fuera.

¿Qué sería de ellos? No sería posible cuidarlo estando lejos. María insistía con esto. Parecía que no había nada que fuera lo suficientemente importante y no podría ser feliz sabiendo que ellos pasarían necesidades. ¡Y con otro hijo por Dios! ¡Que sería de ellos!

Esta vez Salvador fue terminante: no quería hacerse cargo ni de Ana ni del nuevo chico; al fin y al cabo ella había demostrado ser una persona en la cual no se podía confiar; no seguiría ayudándola, ya había hecho demasiado por ella y les había pagado de una manera injusta.

–¡Y ni se hable de darle el apellido al otro también!

Lo que tampoco lo dejaba en paz era el saber que el chico ahora pasaría muchas necesidades y vaya uno a saber en que manos terminaría. Tampoco él podía soportar la idea de darle la espalda ahora que las cosas iban bien.

Hablaron muchísimo de esto, finalmente Salvador decidió que si Ana les dejaba al chico de manera definitiva; en una palabra si se lo daban en adopción, entonces con mucho gusto se lo llevarían.

Qué más podrían desear si al fin y al cabo, el era el padre legal del chico, estaba anotado con su propio apellido.

Obviamente María estaba de acuerdo con adoptarlo, pero ¿cómo se lo plantearían a Ana? ¿Y si ella no quería? No era lo mismo dejarlo a su cuidado que dárselo definitivamente. Al mismo tiempo sabían que ella no tenía muchas alternativas. ¿Cómo iba a cuidar a dos hijos si eran tan poco responsable que no podía cuidarse ella misma?

¿Pero separar a los hermanos? ¿Era eso acaso lo mejor?

Salvador fue rotundo en este punto:

–Si le cuidamos los dos, seguro que vuelve a quedar embarazada. Debe aprender de alguna manera aunque sea de la manera difícil.

Finalmente acordaron un día y hablaron con Ana. A pesar del intento de plantearlo de una forma justa para todos, María vio la desazón y angustia en el rostro de Ana. Se sintió mal por ella, realmente no le estaban dando muchas alternativas, y tuvo la sensación que Ana sentía que sus únicos amigos la ponían entre la espada y la pared. Que en realidad se aprovechaban de la situación en la que ella se encontraba.

Pero realmente no era así, la verdad era que pensaban que sin ellos todo sería más difícil para Ana, ellos realmente lo hacían de buena fe, su intención de ayudarlos era verdadera; pero claro, tampoco era justo que debieran dar todo y quedarse sin nada. Ana no estaba preparada para criar un hijo, era una inmadura.

Fue una de esas situaciones en las cuales todos tienen parte de verdad y de razón y si bien finalmente la decisión fue de común acuerdo, la relación entre ellas nunca volvió a ser igual. Quedaría por siempre, hasta el final, un sentimiento de culpa compartida, un sabor amargo, una deuda pendiente.

Salvador, alquiló un departamentito en Liniers, cerca del trabajo de María. Realmente no necesitaban que María siguiera trabajando pero ella sentía que los Bustos eran parte de su familia, y se podría decir que así era. Estaban con ella desde su primer día en Buenos Aires fuera del Hotel de los Inmigrantes.

Comenzó otra vida, fue un regalo del cielo para mí. Tenía un marido que yo había elegido y no impuesto contra mi voluntad, tenía mi hijo y mi casa, mi primera casa, aunque tan sólo fuera un departamentito y por supuesto también tenía a los Bustos que eran mi segunda familia. Pese a que todo llegaba a mis treinta y dos años de edad, sentía que el mundo estaba en mis manos.

De a poco, las cosas comenzaron a tomar su verdadero lugar, la oscuridad no era tan oscura, podía diferenciar la silueta de una parra, podía ver el camino de cemento debajo de ella, podía ver las nubes grises sobre el cielo negro y la cantidad de estrellas, ¡Virgen Santísima! ¡Qué cielo tan estrellado! Qué lindo sería verlo sin ninguna nube tapándolo. Y muchos sonidos, las gotitas cayendo al piso escurriendo desde las hojas, un sapo que croaba y el murmullo de fondo, un sonido que casi se podía ver y oler a la distancia, el inconfundible susurro del mar.

Capítulo XIV

El mar, estoy cerca del mar, ¡si pudiera ir a verlo! Es extraño, nunca me gustó mucho la arena y siempre me fascinó el mar. Cuántas veces he dejado de ir a caminar por la playa sólo por no ensuciarme los pies. ¡Que tonta! Si tan sólo pudiera hacerlo ahora, que tonta... La experiencia es algo que llega cuando es demasiado tarde para usarla. Me he preocupado por tantas cosas sin importancia. ¿Por qué no los habré acompañado más? ¿Por qué no habré disfrutado con ellos en lugar de quedarme en el departamento limpiando lo limpio?

Pero cuantos recuerdos ¿Cómo hilvanarlos si son tantos? ¿Cuantos habrán sido? ¿Cuarenta veranos?

El recuerdo la llevó directamente a Mar del Plata y lo primero que vio fue la rambla, los lobos marinos y el edificio del casino.

Cuando empezamos a ir, Panchito era chiquito. ¿Qué tendría, tres o cuatro años? Fueron las primeras vacaciones en familia. Fueron en realidad las primeras vacaciones que tuve en mi vida ¡y cómo las disfrutamos! Caminábamos de mañana por la rambla y por la playa. Yo, a pesar de que ya estaba un poco gorda, todavía iba a la playa, es decir todavía no me importaba mucho la gordura, y Salvador que iba al casino todas las noches. Nunca me gustó eso del juego, el casino y las apuestas, pero ¿que podía hacer? la verdad es que él tenía razón, estábamos teniendo suerte, estábamos ganado más dinero del que habíamos tenido en toda la vida. Y que lindo era poder disfrutar del dinero. Poder tener vacaciones, tener plata para comer lo que uno quisiera, sin preocuparse demasiado por el precio y comprar ropa para todos. Hasta podíamos ir al teatro a ver la zarzuela.

Sí, Salvador tenía razón, era ilegal, pero él no mataba ni robaba a nadie, no vendía licor ni ninguna otra estafa, por el contrario siempre lo respetaron por su seriedad y honradez... De todas maneras la gente apostaba, sólo que en lugar de hacerlo en el casino lo hacían con él; y acaso ¿qué tiene de malo eso?; en mi pueblo mi padre siempre apostaba algo contra alguien. Porque el gobierno dice que es ilegal, claro no es ilegal, no es pecado si lo manejan ellos, ahora si lo hace uno, es ilegal, y no significa que sea pecado, aunque el juego si lo es ¿no?

Bueno, pero ¿qué podía hacer yo al respecto? En realidad, el dinero nos servía para ayudar a Panchito y a Ana, y por fin un poco de suerte.

Pero no quiero que vaya tanto, no creo que necesitemos más de lo que tenemos, y la codicia sí es un pecado capital. ¿Qué puedo hacer? No me gusta que vaya al casino todos los días, ni por el dinero, que nunca se siquiera cuanto es. No debería quejarme, hasta ahora Salvador nos ha sacado de la miseria y yo confío en él. Lo único que espero es que no se meta en líos.

Bueno, así fue siempre, tengo que reconocer que Salvador tuvo razón, nunca nos faltó nada, y llegamos a tener mucho más de lo que desee o imaginé, todo gracias a él.

Tras varios años de vivir alquilando en Liniers, el negocio de apuestas les permitía vivir de manera muy holgada. Salvador había dejado de trabajar de mozo al igual que su amigo. Salvatore adicionalmente había invertido en una barbería, un sueño que siempre había tenido y que adicionalmente le permitía mantener los clientes de las apuestas.

María nunca supo realmente cuánto dinero disponían dado que las finanzas las manejaba Salvador. Ella sólo recibía lo necesario para la comida y las cosas de la casa y, aún así, siempre se las arregló para tener algún dinerito ahorrado que le permitiera comprar algo para regalar o ayudar a alguien.

María constantemente insistía en comprar una casita. Estaba segura que tenían dinero para hacerlo pero él no se decidía o mejor dicho no lo creía necesario.

–Un techo propio, Salvador –le repetía constantemente–. Nos va a dar la tranquilidad económica que necesitamos.

–Pero de que tranquilidad económica me hablas mujer, si no te falta nada, ¿para qué quieres tener una casa?

–No sabes cuanto tiempo te durará la suerte, ¿que sucederá si pasa algo malo? Una casa para Panchito. No puedes seguir viviendo del juego. Tenemos que comprar una casa.

Salvador no quería, no veía realmente la necesidad de hacerlo ni de invertir en una casa el capital que necesitaba para su trabajo, pero María insistía e insistía.

Hacia ya tiempo que doña Petrona estaba enferma y María se dedicaba a cuidar de ella, y lo hacía de todo corazón. Quería a Petrona como a la abuela que nunca había tenido.

María estuvo con ella hasta el último momento pero finalmente lo inevitable sucedió.

Pese a que su muerte era algo casi anunciado, fue un golpe duro para ella.

Buscando hacer sentir a María mejor y también como excusa para que dejara definitivamente de trabajar con los Bustos, un día Salvador vino con la noticia que se mudarían. Había comprado un edificio de seis departamentos en Flores, un barrio mucho mejor que Liniers. Cinco de los departamentos estaban alquilados y uno de ellos acababa de desocuparse.

Piso primero, departamento 3.

No era exactamente lo que María había pensado. Su idea era la de buscar y elegir su nueva casa, en una palabra de vivir en el lugar soñado por ella. Y casualmente no era un edificio de departamentos. Pero nuevamente Salvador tenía razón.

–¿No querías tranquilidad María? Ahora tenemos el ingreso que nos va a dar el alquiler de los cinco departamentos. Si algo pasa podremos vivir de ellos.

Para cuando se mudaron Panchito ya tenia ocho años. Rápidamente se adaptaron a la nueva situación; económicamente pertenecían a una clase social media alta aunque culturalmente seguían siendo gente de poca preparación.

La relación con Ana seguía siendo la misma, ella los visitaba en general una vez al mes y ellos seguían ayudándola económicamente a ella y a su hijo.

Incluso Ana, como muestra de agradecimiento nombraría a Salvador como padrino de su segundo hijo, quizás también con la esperanza de darle algo parecido al padre que tenia su primer hijo, quizás para unirlos de alguna manera en familia. Indirectamente fue una prueba más de que su relación con María no volvería a ser la misma. No la nombró Madrina a ella.

Para Pancho, su hermano era un primo del interior, en una edad en la que los chicos no cuestionan mucho ese tipo de cosas y las aceptan tal y como son dichas por sus padres todo parecía encajar perfectamente.

Para 1951, habían pasado otros cuatro años, Perón ganó su segunda elección –Evita estaba muy enferma–, por amplia mayoría en los votos.

Un día tocaron el timbre del departamento, Panchito abrió la puerta y se encontró con un extraño que lo miraba con desconfianza.

Al instante apareció María regañándolo por haber abierto la puerta sin preguntar primero. Y hubo un interminable momento de confusión. María reconoció algo muy familiar en ese hombre que rompiendo el silencio y en tono serio le preguntaba.

–¿María Manuela Álvarez?

–Sí, respondió instintivamente.

–Soy José, su hijo...

Parecía que el mundo se hubiera detenido, las sensaciones se superpusieron entre si; confusión, miedo, alegría, sorpresa, no había manera de reaccionar y digerir esta inesperada aparición.

–¿No va a decir nada? –le preguntó en tono serio. como queriendo apurar una respuesta–. ¿Joselito...? No es posible, no es posible...

El impacto era mayor de lo que hubiera imaginado en su vida y no podía salir del estupor. Finalmente el hizo un gesto como para pasar, y ella se adelantó para abrazarlo, pero se encontró con un gesto frío casi de rechazo.

–Pasa, por favor pasa... –habían transcurrido veinticinco años y el bebé que María había dejado en el muelle era ahora un hombre.

José había llegado al país buscando encontrar su pasado y hacer un futuro. Su padre se había quedado a vivir en Argentina también y lo había mandado llamar. Había luchado en la guerra civil y luego trabajado en las minas de carbón. Su idea de encontrarse con su madre no era exactamente lo situación más feliz en su vida. La versión que le habían contado no se parecía en nada a la verdadera historia. Creía que su madre los había abandonado a él y a su padre por irse detrás de un hombre a vivir a otro país. Esa era la versión que siempre le habían contado. Y así se sentía acerca de ella.

María lo recibió con el mismo amor que lo había dejado. Le contó su versión de la historia que él nunca terminó de creer. Tampoco nunca le perdonó el hecho de que estuviera conviviendo en pareja con otro hombre. Ni que tuviera un hijo con él.

Aun así aceptó quedarse a vivir con ellos. De esta manera fue como Panchito, sin previo aviso ni explicaciones y con trece años a cuestas, descubrió que tenía un hermano, hijo de su madre del cual nunca nadie le había hablado.

Y eso fue de un día para otro, estaba compartiendo su habitación con este hermano mayor extraño, el cual no sólo no le dirigía la palabra sino que, además, lo miraba con odio y resentimiento, como si él le hubiera robado la madre.

Pero las sorpresas y las malas nuevas para Pancho no terminarían ahí. Una semana después de que José apareciera y se quedara a vivir con ellos, Ana llegó de visita.

Y mientras Panchito y Adolfo jugaban, seguramente un comentario acerca del nuevo hermano mayor de Pancho produjo la suficiente valentía o quizás algo de envidia en Adolfo como para asegurarle a Pancho que José no era hermano suyo, sino que el verdadero hermano era él y que María tampoco era su madre sino Ana.

Pancho hizo como que no lo había escuchado, pretendió ignorarlo, pero algo dentro de él sabía que era verdad. Todo se hilvanaba en su mente y cerraba perfectamente como las últimas piezas de un rompecabezas. En sólo siete días, todo en lo que creía, todo lo que sus padres le habían contado o le habían hecho creer era simplemente una mentira. Su mundo se desmoronó como un castillo de naipes. Había vivido engañado desde que tenía uso de razón.

Su madre no era realmente su madre, compartía la habitación con un hermano que no era su hermano y que además lo odiaba. Su madre verdadera lo había dado en adopción y su primo era ahora su verdadero hermano. Hasta dudaba de que Salvador fuera su padre a pesar de tener el mismo apellido, y en verdad prefería no saberlo.

La situación estalló en una crisis. No quedó más remedio que decirle toda la verdad. Ese domingo mientras volvían del futbol, Salvador le contó todo, absolutamente todo, incluso le confesó que él no era su padre biológico.

El enojo de María fue mayúsculo, no tanto por lo que le había contado, ni siquiera por cómo se lo había contado, sino porque una vez más la habían dejado relegada y sin posibilidades de explicar lo que sentía.

En este aspecto Salvador fue particularmente desconsiderado: confesó su falta y pudo conseguir un poco de perdón que no alcanzó a llegar a su mujer.

Lo hizo a solas, sin participar a María.

Terrible error: ella nunca lo entendió y le quedó un sentimiento amargo por mucho tiempo

Así fue como Pancho terminó su niñez y comenzó su adolescencia, descubriendo una realidad que era mucho más grande de lo que podía absorber, y sobre todo descubriendo que había sido engañado por las personas en las que más confiaba en el mundo.

"Uno propone y Dios dispone" –pensó, mientras entraba nuevamente a la cocina. Lentamente tomó una de las sillas y la giró mirando hacia la puerta abierta. Acercó a ella una banqueta y colocó el vaso de agua en la mesa al alcance de la mano.

Apoyando su mano derecha sobre la mesa al tiempo que agarraba el respaldo de la silla con la mano izquierda comenzó a bajar su cuerpo hasta quedar sentada. Luego inclinando todo el peso hacia atrás y ayudándose con ambas manos, subió una a una las piernas a la banqueta hasta que ambas estuvieron cómodamente apoyadas.

"Así esta mejor" –pensó. Nuevamente tomó el vaso con agua y dio otro sorbo.

Aspiró profundamente el aire fresco que invadía el ambiente y una vez más se sintió bien.

Su cabeza nuevamente le pertenecía, volvía a ser la de siempre, miles de pensamientos e ideas iban y venían con la misma claridad y frescura de cuando tenía veinte años.

"He estado dormida" –pensó.

Capítulo XV

El mundo de María también se desmoronó, había recuperado un hijo que la odiaba por haberlos abandonado a él y a su padre. Y no sólo eso, sino que, además, no creía nada de lo que ella le decía.

Su perfecta familia, tal como la había soñado, se desarmaba. No había manera de ocultar la realidad. Panchito sabía todo, y tampoco los perdonaba, pero sobre todo no la perdonaba. Por algún motivo todos la hacían responsable de lo que sucedía.

Y de cierta manera ella también lo creyó y hasta aceptó lo que le tocaba. En definitiva había sido de ella la idea de tener su familia con marido e hijo propio.

Podría haber hecho las cosas de otra manera, podría haber cumplido su obligación de esposa y aceptado a José cuando volvió a buscarla a la casa de los Bustos, pero no lo hizo. También hubiera podido criar a Pancho con la verdad, pero tampoco, prefirió ocultarlo, taparlo para beneficio de todos, o quizás para beneficio propio.

Y si, sentía que todo le volvía en contra, sentía ser la única responsable y lo peor, merecer el castigo por ser culpable.

De esta manera pasaron otros dos años, difíciles, dificilísimos, viviendo en un departamento donde intentaba mantener el control de la situación, donde trataba de armar una familia compuesta por extraños y para completar hasta Salvador se veía fastidiado y la miraba con aire de reproche.

Es que vivir con José se hacía imposible, en un departamento chico, compartiendo el poco espacio. José, tal vez sin desearlo, lo transformó en un verdadero infierno.

Su bronca, su resentimiento no sólo hacia la madre, también hacia el marido y el medio hermano que ni siquiera lo era, lo sobrepasaba. No lo podía controlar.

Salvador estaba cada vez más tiempo fuera de la casa y muchas veces se llevaba a Panchito con él, Todo esfuerzo era poco para no cruzarse con José.

Y ella siempre tratando de conformar a todos, principalmente a José, que no dejaba pasar oportunidad para mostrar su resentimiento. Ella trataba de acompañarlo, de buscar un punto en común, un vínculo, algo que los uniera. Pero tenía más del padre que otra cosa, se cerraba, era egoísta y no sólo no trabajaba y vivía del dinero de Salvador sino que además maltrataba a todos. Ni siquiera les dirigía la palabra a Salvador y a Pancho, y si lo hacía parecían más gruñidos que otra cosa.

Salvador no decía nada pero era evidente que estaba al borde del hartazgo y la culpaba a ella. Otra de esas situaciones donde todos tienen parte de razón.

Pero nadie, absolutamente nadie se ponía en el lugar de ella. Era más fácil culparla y hacerla sentir culpable de lo que sucedía que tratar de comprenderla y apoyarla.

Pancho estaba del lado de Salvador. Veía en su padre otra víctima de su madre, la responsable de que tuviera que compartir la pieza con un medio hermano que no lo era y que además lo maltrataba. Que había venido sólo para arruinarles la vida, que vivía del trabajo de su padre y era desagradecido, que le robaba el tiempo y la atención de la madre. Que desde su llegada sólo había traído cosas malas en su vida.

Sus padres se peleaban todo el tiempo, siempre gruñendo. Intentando disimularlo sin éxito, siempre diciéndose frases hirientes. "Tirándose dardos envenenados". Y lo que más le molestaba era ver a su madre tan sumisa tratando de ganar un favor de José.

María, sola y abrumada, convertida en la culpable de todas las desgracias de los que la rodeaban, sin hacer otra cosa que atenderlos, veía como su relación matrimonial se rompía en pedazos. Parecía totalmente desgastada sin ninguna chance de recuperación.

Empezó a notar que Salvador pasaba cada vez más tiempo fuera de la casa y que además cada vez llegaba más tarde. Comenzó a sospechar que había alguien más, otra mujer. Era lo único que le faltaba, y en el fondo no podía culparlo.

Entendió que si la situación no cambiaba, finalmente todo se desmoronaría. Nunca iban a ser una familia, había que aceptarlo, hay cosas que no se pueden forzar y sobre todo porque a ninguno de los demás le interesaba.

También entendió que Salvador no haría nada, no la obligaría a echar a José, y se lo aguantaría como quien traga un vaso de veneno. Panchito era un chico todavía, con toda su rebeldía a pleno y con toda la bronca de haber descubierto las mentiras de sus padres había pasado de ser hijo único a ser un adoptado con dos hermanos que lo odiaban.

En una de esas discusiones frecuentes, María le recriminó a Salvador el tiempo que pasaba afuera y comprendió que la bronca que el tenia era mucho más grande de lo que ella pensaba.

–Salgo para mantenerlos –le gritó– y ni espero que me agradezcan pero por lo menos que no me maltraten.

Nadie cambiaría nada. Nuevamente el papel de la mala lo tendría que asumir ella. Nuevamente tendría que elegir algo que sería malo para alguien por el bien del resto.

Pero si de algo estaba segura era que no iba a separarse de su marido, sabía que Salvador la había apoyado mucho más que nadie y que merecía de una vez una demostración también de parte de ella.

Como era de esperar, con todo el dolor de madre, sacrificó a José. En definitiva era lo más lógico: ya tenia veintiocho años, estaba de novio con una mujer también gallega llamada Celia y en cualquier momento se casaría. Por otro lado no había manera de que encajara en su familia.

Habló con él, le pidió que se fuera o que se casara. Pero lógicamente su egoísmo de hijo le impidió ver la fotografía completa y sólo se quedó con la parte que le afectaba: nuevamente su madre lo dejaba, elegía a los otros. ¡Qué clase de madre hace eso con un hijo! Su único y verdadero hijo.

Si acaso había existido una esperanza de perdón, si hasta el momento había intentado creerle y, tal vez, hasta abrirle su corazón, ya nada de lo que hiciera o dijera tendría sentido: para él sería siempre una mentirosa.

Nuevamente María tuvo que comprar con dinero el amor que no lograba conseguir por sus propias virtudes. Ayudó a José para que pudiera comprar una casita en Castelar y también lo ayudó a casarse. El aprovechó la situación, disimuló lo que realmente sentía y se dejó comprar, por conveniencia. Se tragó su orgullo. En definitiva nunca tendría la madre que hubiera deseado, eso no cambiaría, así que por qué no aprovechar lo que le ofrecía.

Una gata de tres colores y pelo muy largo, entró corriendo a la cocina y se frenó de golpe al encontrarse con ella.

–¡Santa María Virgen! ¡Que susto me diste! –le dijo María. Pero el susto más bien había sido de ambas.

–Ven –le dijo.

La gata titubeó un instante, lentamente con la cola levantada se acercó intentando oler la mano que le extendía María, ronroneando suavemente. Estirando la cabeza la refregó contra esa mano y dando vueltas repitió el movimiento un par de veces.

–Ven, ven –le dijo al tiempo que golpeaba suavemente su falda. La gata entendió el mensaje, no se hizo reclamar dos veces, calculó por un instante preparando su salto y al momento estaba subida sobre sus piernas.

Se dejó acariciar un par de veces y dio algunas vueltas buscando el lugar más cómodo.

Finalmente sin dejar de ronronear, se acostó sobre ella.

–¿De dónde habrás salido? Estás un poco mojada– le dijo mientras la acariciaba–. Tienes muy lindo pelo. ¿Es esta tu casa? Te has ido de juerga, ¿no? Bueno, descansa ahora, y me calientas un poco las piernas también, quédate hazme compañía.

He tratado de nadar contra la corriente toda mi vida. De que las cosas se hicieran como yo deseaba. No es tan cierto que uno puede conseguir lo que desea, no se consiguen las cosas a cualquier precio. No se puede comprar el amor de nadie, se puede conseguir que la gente haga lo que uno dice, pero no se puede comprar el amor. El amor es lo más barato del mundo. Es un sentimiento que no depende siquiera del esfuerzo que uno ponga. Podría haber hecho cualquier cosa por José, pero nunca me amaría, tenía demasiado odio adentro contra mí, como para sacarlo. Tampoco yo he sabido cómo hacerlo; cuando él llegó, vino a cambiar mi mundo, a desarmar todo mi esfuerzo por tener mi familia, y lo logró y llegó el momento en que yo prefería que nunca hubiera vuelto, aunque suene duro decirlo.

¿Pero cómo saber de que manera actuar en una circunstancia tan diferente? De golpe todo lo que había armado ya no existía, y yo no estaba preparada para ello. Me tocó asumir el papel de mala nuevamente, como siempre. Salvador no lo haría y honestamente tampoco le tocaba en este caso. Me tocaba a mí.

¿Pero es posible que haya sido siempre de esa manera? ¿Es posible que una y otra vez la vida me haya puesto en ese papel? ¿O será acaso parte de mi naturaleza? Nunca me gustó realmente, nunca.

Y a partir de ahí las cosas cambiaron... Y José ¿Cuanto hará que no lo veo? Los últimos diez años han sido como vivir en un sueño, más bien en una pesadilla. No logro combinar o precisar casi nada de este tiempo. Sólo son recuerdos aislados e imprecisos. Pero lo que se es que nunca se interesó como un hijo, y no lo culpo. ¿Acaso no me pasó a mí lo mismo con mi padre? Y él si fue un buen padre conmigo.

La gata giró su cabeza para mirarla, sin darse cuenta María había dejado de acariciarla y ella le reclamaba.

Capítulo XVI

Durante su primer gobierno, el de 1946-52, Perón congeló los desalojos y los alquileres, con el fin confesado de ayudar a los pobres evitando que pagaran el incremento del costo de la inflación y de la inseguridad jurídica propia de su gobierno.

Ya en 1953 la crisis social era muy grande. Durante un discurso de Perón explotaron dos bombas en la Plaza de Mayo dejando un saldo de cinco muertos.

Perón ante el pedido de "Leña, leña" de la multitud les respondió "Por que no empiezan ustedes a darla..." desatando así la violencia general.

Esto sucedió un 15 de Abril.

El panorama familiar no era mucho mejor. La tensión social que crecía los afectaba también a ellos, adicionalmente los alquileres congelados y la creciente inflación impactaba sus finanzas. Pero por sobre toda esta situación, a pesar de que José ya no vivía con ellos, la relación de María y Salvador prácticamente no había mejorado.

Pancho en plena adolescencia no hacía más que chocar constantemente con su madre y sus intentos por controlarle la vida.

María, como la mayoría de los inmigrantes, tenía la ilusión de lograr que su hijo fuera alguien importante; quería que tuviera la oportunidad de estudiar, cosa que ellos no habían tenido, que pudiera ser alguien por su propia capacidad y sus medios.

Pero no era fácil hacerlo. En parte por lo que había pasado –de alguna manera sabía que había perdido credibilidad y confianza–, y en parte por la rebeldía propia de la edad.

Pero también porque constantemente había un mensaje contradictorio en su casa. Salvador no opinaba –pero el que calla otorga–, y no era que él no quisiera lo mejor para su hijo, sino que pensaba que el chico, tal vez, podía seguir sus pasos y acompañarlo en su trabajo, María se empecinaba en soñar en que fuera ingeniero o médico.

Mientras todavía estaba en el colegio industrial secundario estudiando para técnico mecánico, Salvador lo alentaba con firmeza para que terminara ese ciclo, pero no creía necesario un título universitario y menos si su hijo no lo deseaba. En el fondo, la vida le había demostrado que se podía ganar mucho más dinero haciendo lo que él hacía que con un título profesional.

Aun así, como para darle el gusto a la madre, Pancho aprobó el examen de ingreso a Ingeniería pese a sentir que no era lo suyo y, aprovechando el apoyo de su padre, abandonó a los pocos meses.

Fue un drama para María. No entendía cómo Salvador lo apoyaba y, lógicamente, esto se convirtió en un motivo más de conflicto.

La verdad era que padre e hijo se entendían muy bien, posiblemente gracias a ella. Tenían una causa común: enfrentarla, resistir sus decisiones.

Así que Pancho empezó a trabajar con Salvador, a pesar de que tampoco sentía que eso fuera lo suyo, pero sabía que de esta manera al menos conformaba a uno de los dos, y adicionalmente ganaba un buen dinero que le permitía cortar aún más la dependencia con su madre.

María intentaba de todo. Trataba de mantener cierto control sobre ellos pero él hacía lo mismo que el padre: la ignoraba. Había adquirido una habilidad especial para evitar los conflictos y finalmente hacer lo que quería.

Y ella intentaba acercarse pero no encontraba la manera. No podía jugar el papel de policía bueno y policía malo al mismo tiempo.

–Déjalo en paz María, ya es un hombre, ya le toca hacer la conscripción y tú todavía tratándolo como a un niño.

–Es que no va a venir a la casa como si fuera un hotel, se la pasa en la calle y vuelve a cualquier hora.

–María, ¿y tú crees que poniendo el pasador en la puerta servirá de algo? Dime, ¿para qué cambias los muebles de lugar? ¿Para qué quieres despertarte cuando regresa? ¿Por qué te obsesionas con eso mujer?

–Yo no cambio los muebles de lugar... sólo he movido un poco el sillón una vez...

–¿Que una vez? Vamos, no mientas...

–Bueno tal vez más de una vez, pero es que no estoy tranquila hasta que no sé que ha regresado.

–¿No te das cuenta que lo único que logras es que no tenga ganas de estar contigo? ¿No te das cuenta?

–Le guste o no soy la madre, y tengo que saber. Si no lo cuido yo ¿Quién lo va a cuidar? ¿Acaso tú?

–¿Por qué lo dices de esa manera? ¿Acaso crees que no lo cuido?

–Si lo cuidaras no lo dejarías trabajar en el juego, lo hubieras obligado a estudiar

–¿Obligado? A mí no me gusta nada obligado María, ya deberías saberlo. Si quiere estudiar lo va a hacer lo obligue o no lo obligue.

–Por eso no lo hace, porque tú lo amparas y lo pones en mi contra.

–¿Por qué habría de ponerlo en tu contra? ¿Qué te crees que me gusta vivir discutiendo? Tú lo asfixias, déjalo en paz.

–Y tú deberías...

Antes de terminar la frase Salvador ya había salido dando un portazo a la puerta de entrada.

Nunca supe cómo manejar esa situación. Los hijos crecen demasiado rápido. Un día son niños al día siguiente quieren tomar sus propias decisiones y nosotros no reaccionamos a tiempo. Pensamos que todavía necesitan ser llevados de la mano pero ellos no lo desean, al menos no de la manera que nosotros intentamos. Cuesta mucho aprender a dar rienda y sobre todo cuando no logramos ponernos de acuerdo entre los padres.

Salvador tuvo una postura diferente, no sé si porque veía las cosas de manera distinta o porque adoptó el papel del bueno de la película.

Pero el principal error frente a los hijos es no tener un único criterio. Me pasaba siempre con él. Es que uno no planifica en conjunto, no dice, pongámonos de acuerdo antes de de tomar una decisión; no discutamos frente a los chicos; demos siempre el mismo mensaje estemos o no juntos.

Nunca sucedió eso, parecía más bien que lo usábamos como un trofeo para discernir nuestras propias cuestiones. Todas esas discusiones por nada, si porque la comida se enfriaba o porque estaba muy caliente, si comían mucho o poco, si no contaban las cosas o porque hablaban con la boca llena.

Y luego las discusiones con Salvador y siempre frente a Pancho. Creo que debí haber sabido callar, debí haber buscado los momentos para decir las cosas, debí haber tratado de tener paciencia con ellos, aunque no me gustara lo que hacían.

Y como yo era la gritona, la loca, la que jodía por la comida y por los horarios; nunca me vieron como a otro integrante de la familia, siempre estuve relegada a ese horrible papel. Nunca se dieron cuenta que yo también tenia necesidades e intereses por cosas diferentes. Tal vez nunca supe ganarme ese lugar.

Capítulo XVII

A los veinte años Pancho conoció a María Angélica. Bibi, la llamaban sus amigos y familiares, fue en unas vacaciones en Mar del Plata. Ella quedó impactada por su aspecto de *dandy*. Vestía como un auténtico *playboy*, nadie hubiera dicho que había nacido en un conventillo.

La familia de ella era de origen semejante, otros inmigrantes que todavía luchaban por hacerse un lugar en América.

Se enamoraron de sus propias posibilidades, de un futuro diferente, de sus ideas políticas socialistas, de sus libros y pensamientos tanto más evolucionados y cultos que el de sus padres.

Tenían la idea de cambiar el mundo. Sentían, al igual que muchos otros argentinos contemporáneos, que podían hacer algo diferente, que podían cambiar la historia política y social de su país, convirtiéndolo en un lugar más justo y equitativo para todos.

En el mundo había triunfado la Revolución Cubana, el Che Guevara era el estandarte a seguir. Era posible ser libre de los regímenes capitalistas injustos que oprimían a los pobres.

Muchas charlas de café, muchas discusiones políticas de por medio, sumadas a la fascinación y la juventud de ambos que fue un incentivo adicional. Luego vendría la posibilidad de vivir una vida sin los conflictos constantes que sufrían en sus casas paternas.

En menos de un año se casaron. Ambos necesitaban volar de sus nidos, tener una vida propia y feliz y el amor llegó como la oportunidad apropiada.

Siempre con la ayuda de Salvador, o mejor dicho el dinero de Salvador y la ayuda de María, alquilaron el primer departamento y después de la ceremonia nupcial se mudaron a vivir juntos.

María aceptó la idea ¿cómo no hacerlo? A esta altura ya no tenía ninguna chance de influir en la vida de su hijo. No era que Bibi no fuera de su gusto, pero en realidad sentía que la última posibilidad de que Pancho estudiara una profesión se terminaba de diluir. Eran ambos muy jóvenes y tenían los pies muy lejos de la tierra.

¿Qué iba a hacer? ¿Seguir viviendo del juego? ¿Era él acaso tan bueno como el padre para esto? ¿O caería preso en cualquier momento?

A lo sumo quizás, dejara eso y podría ejercer su profesión de técnico mecánico y aspirar algún día a tener un buen empleo o quizás un negocio propio.

En definitiva era evidente que eso ya no estaba en sus manos, su hijo se había casado, y comenzaba una nueva vida para todos.

–Son los cambios de la vida –dijo, suspirando en voz alta, y la gata giró la cabeza para mirarla como si entendiera lo que ella hablaba. Pero pareció no querer saber más que eso.

"Problemas de humanos, que no saben nada de la vida" –pensó.

Cerró los ojos y acomodó el hocico entre sus patas.

El día que salimos de la casa de nuestros padres y emprendemos nuestro propio camino, nos convertimos en actores estelares de nuestra vida, luego nos casamos y tenemos hijos que son dependientes y seguimos siendo el personaje principal. Y llega el momento en el que nuestros hijos adolescentes pujan por tener un papel más importante en la obra. Personajes secundarios con pretensiones de elenco. Un día ellos se van de casa, nos despertamos a la mañana, pasamos por sus dormitorios y vemos la cama hecha y el placard vacío, sus cosas ya no están, falta un plato en la mesa, la casa está más silenciosa, hay menos ropa para lavar hay menos horarios que atender, hay menos cosas para hacer, como si de repente nos quedáramos sin trabajo y ya no hubiera que levantarse a las seis de la mañana para llegar a horario. Ya no nos toca recordarles las citas con el médico, las fechas de cumpleaños, si hizo la tarea o estudió para el examen.

Entonces nos convertimos en actores secundarios, papeles casi de reparto. Ya no tomamos decisiones importantes, sólo nimiedades que nos conciernen únicamente a nosotros, que no cambiaran la historia del mundo. Ya nadie depende de nosotros.

Eso me pasó a los cincuenta y dos años, una mañana me mire en el espejo y no me reconocí. Tenía el pelo casi blanco, la cara con arrugas ¿Quién era esta mujer? Si desde adentro, del otro lado de mis ojos, yo seguía siendo tan joven como siempre. No me gustó lo que vi, estas manos, parecen de otra persona. ¡Qué cambio! ¡Qué duro!

El tiempo no tiene ninguna misericordia con nosotros, ¿Habrá alguna persona en este mundo a la cual no le importó envejecer? ¿Habrá existido una en toda la historia de la humanidad? ¿Acaso no eran los mismos conquistadores los que buscaban la fuente de la vida o de la juventud eterna? Hemos estado siempre tratando de mantenernos jóvenes y fuerte.

Que lejos ha quedado esa época en la que nos sentíamos inmortales, eternos, que nada ni nadie nos podía vencer; que no envejeceríamos, que no seriamos como esos adultos, seríamos distintos, especiales, nuestra energía nunca se agotaría.

Parecía tan fácil evitar los errores que vimos en nuestros padres, en las personas mayores, simplemente porque éramos jóvenes, porque teníamos energía y porque sabíamos más que los demás.

"A mi eso no me va a pasar. Yo voy a tener con mis hijos una relación excelente, los voy a acompañar, voy a ser su amigo, vamos a hablar y contarnos todo. No como me pasó a mí, porque la culpa era de mi padre, el nunca supo entenderme" pensamos.

Y sin embargo, casi cometemos los mismos errores. Los mismos o parecidos, y nuestros hijos terminan siendo reflejo nuestro, reflejo de nuestra relación con nuestros padres, de una u otra manera.

Y luego vendrá su chance de hacer una diferencia, luego serán ellos los que con sus propios hijos intentarán ser diferentes y perfectos.

Envejecer tiene sólo una recompensa, y se llama experiencia. La experiencia tiene mucho valor porque el precio que se paga por conseguirla son nuestros propios años, nuestra propia vida, a veces puede llegar muy tarde, pero nunca debería ser demasiado tarde, "mientras hay vida hay esperanzas". Siempre hay algo que uno puede hacer aunque más no sea reflexionar acerca de todo lo que le sucedió y por qué.

Sí, la experiencia es la recompensa por haber envejecido.

Aun así, con un papel de reparto en la obra de la vida, puedo casi afirmar que empezaron los mejores años que he vivido.

Después de acomodarnos al nuevo cambio, cuando las aguas se asentaron las cosas empezaron a tomar dimensión y color nuevamente, el agua del río se arremolina y se enturbia, luego cuando se calma, lentamente vuelve a ser cristalina.

Con treinta años de casados, Salvador y yo comenzamos una nueva etapa, solos en la casa. Estábamos más tranquilos el uno con el otro. Salvador trabajaba mucho menos, sólo mantenía los clientes de siempre, que eran prácticamente sus amigos de treinta años.

El ingreso no era tan bueno, los alquileres seguían congelados y la inflación seguía avanzando, pero nos alcanzaba de sobra para vivir bien y ayudar a los nuestros. Muchas cosas no habían cambiado, seguía tan seco y austero de sentimientos como siempre. Mejor dicho, no seco de sentimientos, porque siempre tuvo un corazón bien grande, sino seco en demostrar sus sentimientos.

Por costumbre o por hábito tal vez, seguíamos discutiendo por las mismas cosas, pero ya no había fuego en las peleas, las aceptábamos como parte de nuestra relación. Es parte de la experiencia que mencionaba, si no puedes cambiar algo, no queda más que acomodarse a ello.

Comenzamos a disfrutar de cierta forma esta etapa de nuestro matrimonio. Empezamos a hablar más, a recordar momentos vividos en el pasado, los buenos momentos. A pensar en algunas cosas del futuro que todavía teníamos, estábamos grandes pero no nos sentíamos tan viejos.

Si bien el cambio en nuestra relación todavía no era un hecho consumado, fue un comienzo para el verdadero cambio que vendría más adelante. Nuestra pareja daba un paso adelante y era un paso positivo.

Compramos un departamento en Mar del Plata, en realidad lo había comprado Pancho para ir a vivir allá pero al poco tiempo no lo podían pagar y Salvador tuvo que hacerse cargo del departamento y de la deuda.

En su momento, de no haber sido porque Pancho realmente necesitaba el dinero y no había manera de que lo vendieran sin perder una buen parte de lo que habían pagado, acepté que lo tomáramos, aunque yo no quería. Lo veía como otra casa para fregar. Si había algo que me gustaba acerca de ir a Mar del Plata era que no tenía que pasarme el día limpiando ni cocinando dado que comíamos afuera todos los días. Pero bueno, también había que verlo como una inversión, otra manera de guardar algo de dinero, dado que ni Salvador ni yo íbamos a tener nunca una jubilación.

Tengo que reconocer que fue un acierto realmente, de no haber sido así es posible que Salvador nunca lo hubiera comprado.

Cuántas vacaciones y escapadas de fin de semana disfrutamos en ese lugar. Durante los veranos se convertía prácticamente en nuestra casa. Nos íbamos varios meses, por lo general casi todo el verano.

–¿Qué pasa? ¿Ya no te interesa mi historia? No te culpo son cosas de vieja nada más... Tú no tienes de que preocuparte ¿cierto? Comes, duermes, sales a juerguear de noche. Si que sabes disfrutar de la vida ¿eh? –le decía María a la gata en voz muy baja, mientras hundía la mano en el pelo largo y suave. La gata se acomodaba para recibir las caricias, haciendo el mínimo movimiento, como si esto le asegurara que su benefactora no dejaría de acariciarla.

"Ya es muy tarde, o quizás muy temprano, debería irme a la cama..." –pensó–. "Pero no quiero moverme estoy demasiado cómoda para hacerlo"

–Además, tu no me dejarías ¿cierto?, bueno ya, caliéntame un poco las manos que esta haciendo frío y te prometo no moverme.

Capitulo XVIII

La vejez, llegó. Un año antes de cumplir cincuenta y cinco años ya habían comenzado los calores y mi período se hacía muy irregular.

¿Cómo explicar lo que nos pasa a las mujeres a esta edad si no se es mujer? De repente todo llega junto, los años, el cansancio; la vista no es la misma, el pelo no tiene arreglo, los calores que van y vienen y el cuerpo se deforma, aún más.

Cuantos miedos, uno detrás del otro. Miedo a envejecer, miedo a no ser más útil, miedo a volverse vieja, a que nuestros hijos no nos quieran, a que nuestro marido no nos desee.

Menopausia, no sólo el cuerpo sufre transformaciones, fundamentalmente el estado de ánimo. La palabra «menopausia» que horrible que suena, tantas preguntas, y a quien formularlas. ¿Me seguirá mirando Salvador como mujer? ¿Se acabara mi vida sexual?

Recuerdo el día de mi cumpleaños, era una gran fecha, cincuenta y cinco años, no se cumplen todos los días ¿no?

Salvador insistía en que hiciéramos una reunión, con todos, familiares y amigos. Yo sabia que lo hacía por mí, porque en realidad a él nunca le interesó festejar nada, ni le gustaban las reuniones sociales.

Teníamos más de veinte invitados, y había que cocinar y atender a todos. ¡Que mal la pase ese día! Me acuerdo como si fuera hoy. Fue un sábado, trabajé como "moro",

Salvador en los burros, "trabajando". Desde la tarde anterior hasta entrada la noche estuve preparando el lechón con patatas y grelo; las empanadas gallegas, una de bonito, otra de *zorza* y otra de *xoubas* o sardinas como le dicen los porteños; los pimientos de Padrón, que como dice el refrán "Úns pican, e outros non", que para ser precisos sólo estaban preparados al estilo porque como los de Padrón no se consiguen. Además de las ensaladas y las entradas de quesos y fiambres.

También preparé los postres, *freixos* con dulce de leche que quedan muy ricos y le gustan a todos y una tarta de Santiago, con cruz y todo.

Limpié la casa, vestí la mesa, compre las bebidas y el pan ¡qué más no he hecho! Es decir, lo mismo de todas las veces. Pero esta vez, quizás por la menopausia o tal vez porque mi ánimo no era el mejor, comprendí que hasta para hacer una fiesta para mí, debía hacer todo sola, lo cual me deprimió aún más.

Vinieron José con su esposa y sus dos chiquitos, Inés que era un bebe y Kiki que tendría dos años. Vino Pancho con Bibi y Angélica, mi consuegra.

También Ana Valerga. Y muchos amigos, hasta apareció la Pilar también, que hacía tiempo no la veía y me dio una alegría hermosa.

El resto del la reunión me sentí como una sirvienta, no paré de servir y trabajar. Todos comían, conversaban y se reían, y sólo yo sirviendo a todos. Ocupándome de que no faltara nada, de que todos estuvieran a gusto. Y en medio de toda esa situación un comentario de Salvador terminó por arruinarme la fiesta.

–No puede quedarse quieta...tiene hormigas en el... –no pude más que soplar para tratar de sacarme el fastidio de encima.

Que desazón sentí. No eran sólo los calores, que parecían estar más activos que nunca. No alcanzaba con este sentimiento de tristeza de ver que mi cuerpo se deformaba sumado al cansancio de todo este trabajo. Sino que, además, me daba cuenta de que nadie me conocía realmente.

Sólo la Pilar, mi amiga, cuando fui a la cocina a buscar más platos, al darme vuelta estaba parada en la puerta, me miró, me abrazó y me hizo sentir que alguien, al menos alguien, me comprendía de alguna manera.

–Dame, dame esto, siéntate un poco María, déjame que yo me ocupo de esto, esta todo muy rico, has trabajado mucho.

Finalmente llegó el momento de soplar las velas y por fin cuando todos se fueron y cerré la puerta, vi a Salvador.

–Me preparas un té, he comido demasiado.

Así terminó mi cumpleaños, o mejor dicho todavía me quedaba limpiar y lavar todo lo que había quedado de la fiesta.

Dos horas más tarde, terminaba de secar y guardar el último plato. Saqué la bolsa de basura al lavadero y me senté en mi silla que siempre dejaba allí, no podía irme a dormir con tanta angustia.

Mirando las estrellas recuerdo que lloré, me sentí mucho más sola de lo que me había sentido nunca.

Capítulo XIX

Pero estaba en la naturaleza de María, no dejarse vencer. Parecía que la frase "siempre que llovió paró" no sólo la repetía constantemente sino que además era parte de ella misma.

Como era su costumbre, en los momentos de crisis, ideaba una estrategia para no permanecer quejándose y deprimiéndose por sus desgracias.

Decidió ponerle humor a la situación, sentía que necesitaba reírse más que nunca, reírse de ella, de sus problemas, de sus desgracias, como primer paso para salir del pozo en el que se encontraba.

Si las cosas están mal, no se van a solucionar solas, nunca nada se solucionó solo, siempre he tenido que hacer el esfuerzo. No me quedaré sentada y lamentándome, haré todo lo que este a mi alcance.

Mi cuerpo no lo puedo cambiar, volver a ser joven tampoco podré, pero puedo intentar hacer feliz a Salvador y por lo tanto sentirme mejor conmigo misma, como mujer.

Ya sé que el no hará nada, nunca lo hizo, siempre esperó a que yo actuara, desde el comienzo, creo que la única vez que se animó a algo, el día que vino a la casa de los Bustos a declarar sus intenciones y no le fue bien y sólo cuando yo tomé la iniciativa que comenzamos a salir. Y así con todo, o sea que esta vez también deberé hacer el esfuerzo.

Desde que habían vuelto a quedar solos en la casa la relación de la pareja había mejorado. Habían dado un gran paso hacia adelante, ya no se peleaban todos los días, ya no discutían por cualquier cosa y la convivencia era más tranquila.

Estaban compartiendo pequeñas cosas y hasta charlaban de otras fuera de las obligaciones cotidianas.

Pero todavía faltaba mucho para que la relación fuera lo que ambos querían.

María entendió que para recuperar su matrimonio, debía hacer un cambio profundo y debería empezar por ella misma.

Se fijo un objetivo. Tener un plan siempre la ayudaba a ver todo más claro. Debía cambiar su manera de ver las cosas y también su estado de ánimo.

Comenzó por reírse de su pelo blanco, de sus calores y de sus manos avejentadas, se empezó a reír de su propia angustia y de su depresión.

Y el efecto se potenció porque también Salvador se contagió de este entusiasmo.

Al principio con un poco de sorpresa al ver el cambio de humor de María, pero al poco tiempo se notaba un bienestar en el ánimo general.

Un dato pequeño, pero que hizo una gran diferencia fue algo muy simple. Como siempre las cosas simples pueden producir grandes cambios.

Como es normal en las parejas, no había coincidencia en los programas de televisión que les gustaban. María miraba novelas y Salvador sólo miraba futbol y a los "Tres Chiflados". Le encantaban, era un programa que disfrutaba realmente y reía con placer.

María nunca los había mirado y siempre hacía comentarios del tipo

"¿Cómo te pueden causar gracia esos pavos? ¡Ya estás de nuevo con esos payasos!"

O peor, no faltaba oportunidad que necesitara que Salvador le fuera a comprar pan, o tuviera que barrer o pasar el trapo justo cuando él veía su programa.

Obviamente esto le molestaba muchísimo y el ambiente quedaba cargado de tensión.

María entendió lo que sucedía y simplemente cambió, se sentó a compartir el programa y descubrió que no sólo evitaba la discusión sino que también lo disfrutaba ella.

Y esto produjo a la vez un cambio en Salvador que, algunas veces, hasta se sentaba a compartir una de las novelas que veía María.

Empezaron a salir al teatro y a la zarzuela cuando había oportunidad de verla, también un día a la semana cenaban fuera de la casa. Eso si, los fines de semana, entre las carreras de caballo y el futbol a Salvador no se lo veía, lo cual María le recriminaba pero más de costumbre que otra cosa, él le respondía con un gruñido y ella se reía para ella misma.

Y llegaron los nietos.

Cuando José tuvo su primer hijo, Kiki, y luego su segunda hija, Inés, María tuvo su oportunidad de devolver a sus nietos lo que no había podido hacer con su hijo.

Y así lo hizo. Trató de tenerlos con ella los fines de semana, dado que en general la mayor parte del tiempo estaba sola.

Los nietos siempre tuvieron una habitación lista para recibirlos. Cada vez que los chicos venían, ella se preparaba y planificaba cosas para hacer, como por ejemplo llevarlos al cine; a tomar un helado; les compraba ropa y juguetes; los llevaba al zoológico; las plazas con calesitas o trencitos y al jardín japonés.

Todos los veranos, cuando se iban a Mar del Plata, algún nieto los acompañaba.

Al poco tiempo vinieron los hijos de Pancho, Marcela y Julián, con lo que tuvo nietos durante mucho tiempo.

Los nietos, al igual que los hijos, no los podemos disfrutar para siempre, son solamente algunos años, desde que los padres nos los confían y ellos nos reconocen hasta los once o doce años, dependiendo del chico. Luego ya no les interesa estar con los abuelos. Se aburren y tienen sus propias cosas y amigos.

Pero qué lindo que es cuando son chiquitos, lástima que uno sabe que no les quedaran muchos recuerdos a ellos de esta época, pero seguramente que sí les queda en el subconsciente.

Es imposible no ver a los hijos en los nietos, por eso se los quiere tanto, son un anhelo hecho realidad, le damos los besos que tal vez no le dimos a nuestros hijos, ya que sabemos que no van a durar siempre así. Aprendimos la lección y a su vez ellos nos dan los besos que, quizás, ya nadie nos da.

Con un nieto en los brazos tenemos al hijo y así un poco esa juventud que se nos escapó un día.

Escuchar los gritos y las risas, las preguntas simples con esas vocecitas y con nuestra paciencia que nos trajo los años es realmente lindo. Diferente a tener hijos, es muy diferente e igualmente grato. Ya no está la responsabilidad que trae la obligación de cuidarlos y educarlos, alguien se ocupa de ello; ahora queda el disfrutarlos en lo que nos gusta, en los paseos, en los juegos.

Y lo mejor de todo es lo que nos traen a la casa. El hogar ya viejo se torna joven y se renuevan las esperanzas.

¿Que se quiere más a los nietos que a los hijos? No, eso no es verdad. Yo creo que en los nietos se ama justamente más a los hijos. Incluso me pasó a mí, pese a las historias difíciles que viví con mis hijos.

Escuchaba hablar a otras abuelas acerca de sus nietos, y la carga que les representa cuidarlos dado que sus padres trabajan todo el día. Me dan pena, para mí los chicos nunca han sido un problema, por el contrario me han devuelto la juventud y me han dado un motivo de ocuparme, de sentirme nuevamente útil para algo o para alguien.

Es que hay gente que se queja de todo, y entonces ¿cómo no se van a quejar por cuidar a sus nietos?

Cuando Pancho se separó, Bibi, con su madre y los chicos, se quedaron a vivir en un departamento del edificio donde vivíamos. Puerta de por medio compartían el primer piso.

Todas las tardes los chicos venían del colegio y gritaban en la puerta.

–Abueliii

–¿Qué? –Les respondía sabiendo que eran ellos y como parte de un juego de palabras.

–Abriiiii –me respondían, y recién ahí yo les abría como si fuera una sorpresa que vinieran.

No golpeaban la puerta, tampoco tocaban el timbre (que no lograban alcanzar) preferían gritar y a mi me encantaba escuchar el grito que esperaba puntualmente todos los días y me llenaba de alegría.

Entonces entraban, ruidosos, desordenados sin preocuparse por las buenas costumbres, y se sentaban en la mesa de la cocina, esperando la taza de café con leche y las galletitas.

¡Que cosa más linda era verlos comer con ganas y contentos! Definitivamente devuelven la alegría y la juventud a la casa.

Nuevamente el recuerdo volvió a Mar del Plata, en otras vacaciones. Por algún motivo los mejores recuerdos venían de Mar Del Plata, fluían uno tras otro, mezclados, algunos repetidos, muchas cosas de la rutinaria diaria.

Es increíble que las cosas que en algún momento pasa a ser parte de la rutina y posiblemente también hayan sido agobiantes y aburridas luego sean añoradas y recordadas como momentos de felicidad.

Me acuerdo de una tarde de verano en Mar del Plata, Salvador llevaba a Juliancito a caminar por la mañana. Iban desde el departamento en la calle San Martín y Belgrano hasta el monumento de Alfonsina Storni y de ahí por la rambla hasta Ameghino. Al chico le gustaba mucho ver el rostro de Ameghino en la piedra. De regreso Salvador paraba a darse sus baños de agua salada caliente y luego volvían al departamento, cansados de tanto caminar. Almorzábamos alguna cosa y Salvador se iba a dormir la siesta. En general yo también, pero ese día no tenia muchas ganas de hacerlo, y cuando Salvador se durmió salí con el chico nuevamente.

Claro que no llegamos tan lejos, ninguno de los dos tenía muchas ganas de caminar, sólo paramos en un bar de la rambla a tomar algo. Hacia mucho calor y nos quedamos varias horas simplemente disfrutando del aire y de la vista del mar. Ese recuerdo del mar es lo primero que se me viene a la cabeza cada vez que pienso en él. Ese día estaba especialmente verde, llenaba la vista, y el calor del verano, mezclado con la brisa suave y el olor de la sal, algo hipnótico. El mar tiene un magnetismo especial que obliga a mirarlo y produce una sensación muy relajante.

Hubo otra vez, recuerdo que me había quedado sola en Mar del Plata con los dos chicos. Salvador había viajado a Buenos Aires por negocios.

Una tarde los lleve a la playa, a la Bristol porque era la que me quedaba más cerca, y yo ya estaba con mi problema de varices y caminar me costaba mucho, además tampoco podía estar en la arena, que por otro lado nunca me gustó demasiado.

Los chicos se fueron a jugar a la playa y después de muchas recomendaciones de no meterse en el mar y de no alejarse del lugar, me senté en uno de los barcitos de la rambla. Desde un lugar donde todavía podía verlos, pedí algo de tomar y luego algo de comer. Al cabo de un largo rato los chicos volvieron y se sentaron conmigo.

Pedimos algo más para tomar y para comer, y nos quedamos disfrutando del día sin ninguna premura.

Finalmente cuando llegó la hora de irnos y de pagar la cuenta me encontré con que no tenia suficiente dinero, que error de mi parte, no había verificado cuanto traía y me quede corta.

Tuve que enviarlos de regreso al departamento a buscar más, era la primera vez que iban a estar solos en la calle y lo peor fue que Juliancito fue descalzo, con el apuro y la emoción olvidó sus ojotas y se quemó mucho los pies a causa caminar por las calles recalentadas por el sol del verano.

De más esta decir que no pude respirar hasta que regresaron. No era tan lejos, unas cuatro cuadras más o menos pero a mí se me hizo una eternidad. La idea de que estuvieran solos en la calle me aterraba, todavía hoy el recuerdo me pone la piel de gallina; supongo que ellos tampoco lo deben haber olvidado.

Conclusión, nunca más me olvidé de llevar dinero.

"¡Que buenos tiempos!" –pensó–. "¡Que lindo haber visto crecer a estos chicos y verlos disfrutar de una vida tan diferente a la que ella había tenido!"

Se sintió feliz de haber sido parte de esto. Lo veía como un logro propio. No era todo gracias a ella, pero que había tenido mucho que ver, sin duda, había dedicado toda su vida a que esa familia pudiera tener lo mejor.

–Es el papel que me tocó...–dijo en voz baja y la gata nuevamente abrió un ojo para mirarla.

De no haber sido yo, nadie lo hubiera hecho, la gente es muy egoísta a veces, yo no habré sido la persona más generosa del mundo pero he dado mucho más de lo que he recibido; de la gente claro, porque la Virgencita si que me ha dado muchísimo más de lo que nunca pensé.

Capítulo XX

Nuevamente tomó otro sorbo de agua, apoyando el vaso en la mesa, volvió a cerrar los ojos.

Esta vez sus pensamientos la llevaron más adelante en el tiempo; sin proponérselo repasaba su vida como leyendo una biografía de sí misma.

Lo que vino después supongo que fue el verdadero comienzo de mi vejez. Para el año 1978 yo ya estaba muy mal de mis varices, se me producían ulceraciones superficiales en las piernas (estasis venosa le dicen) que se convertían en llagas que supuraban hacia fuera.

Es terrible, es una infección constante, que no se cura ni se cierra, y cuando se cierra una empieza otra. Vivir de esta manera es sumamente devastador. El dolor es constante y el olor muy desagradable. Y hay que convivir con ello veinticuatro horas al día, siete días a la semana. Hay gente que las tiene toda su vida. Pobres, yo he tenido suerte de alguna manera, fueron sólo los últimos diez años.

Dos y hasta tres veces por día tocaba lavarme las heridas con té de manzanilla, talco antiséptico, y aceite de hígado de bacalao. Luego había que cubrir la herida con gasa y vendar toda la pierna desde la rodilla hasta el pie.

Calmantes y más calmantes, todo el día tomando porquerías para aliviar el dolor. Dios, que enfermedad más horrible, de no haber sido por Salvador que realmente se ganó el cielo. Todos los días cambiándome las gasas, limpiándome las heridas.

Luego los tratamientos, los médicos no saben nada de nada, me trataban por la diabetes, me trataban por las varices, me medicaban por el corazón y por la circulación, ya no sabia ni cuántas pastillas tenía que tomar.

Fui empeorando, por momentos lentamente y en otros de manera abrupta, ahora no era el problema envejecer sino la manera en la que estaba envejeciendo.

Pasaba semanas enteras acostada, sin ánimo, supongo que al no hacer ningún ejercicio y sin siquiera caminar el organismo entero empieza a no responder bien; la combinación de estas dolencias que terminan produciendo un deterioro general, fundamentalmente en el espíritu.

Tuve dos operaciones grandes, me sacaron algunas venas de las piernas para disminuir el problema, especialmente en la derecha. Pero claro, al no haber irrigación de sangre, uno va perdiendo movilidad también. Lo que cura por un lado perjudica por el otro.

Luego el efecto se desencadena en cascada y es como una bola de nieve que viene bajando y cada vez trae más nieve.

Y llegó lo peor, comenzaron las lagunas en el pensamiento. Sí, eso ha sido lo peor. Al principio eran pequeños olvidos. ¿Dónde dejé las llaves? ¿Habré pagado este impuesto o todavía no? Me olvide del cumpleaños de tal o el aniversario de cual. Y así sucesivamente, cada vez con más frecuencia

Entonces pasaba cada vez más tiempo dentro del departamento sin poder salir, porque era imposible caminar más de una cuadra sin que las piernas dolieran al punto de querer llorar. Y luego subir las escaleras era una proeza. Encierro, un día igual al siguiente, ¿cómo no olvidarse de las cosas? ¿Cómo diferenciar lo que pasó hoy de lo que pasó ayer? Si es lo mismo de la semana antepasada.

Finalmente los olvidos se transformaron en lagunas mentales hasta que luego la mayor parte del tiempo no puedo precisar dónde estoy, con quien o en que día estoy viviendo.

Me despierto y me encuentro con que no se lo que sucedió hace un rato. El último recuerdo que tengo, normalmente no corresponde a lo que acaba de pasar y me doy cuenta porque la gente me responde y me mira como si estuviera loca.

¿Pero que más se puede hacer? no es culpa mía, pero igualmente la gente se pone nerviosa. Me imagino lo desesperante que debe ser estar con alguien con esta cabeza.

Y luego hay momentos de lucidez, los que aprendí a disfrutar también en silencio. Son como si uno se despertara de un ensueño para volver a dormirse sin previo aviso.

Ahora me siento particularmente bien, mi cabeza esta fresca, como si nunca hubiera olvidado nada. Estoy segura que podría recordar casi cualquier cosa. Esta vez parece más real y perdurable que nunca.

Puedo asegurar que en los peores momentos, en los aquellos en los que pareciera que todo está perdido, aún así, si no nos deprimimos, podemos encontrar cosas que nos traen felicidad y es hasta posible que luego las añoremos como buenos momentos de nuestra vida. Lo importante es mantener el espíritu siempre optimista. "Siempre que llovió paró".

Un ejemplo, lo primero que se me viene a la mente eran esas tardes de verano cuando dormíamos la siesta.

Siempre me gustó dormir la siesta, pero en verano tienen para mí un sabor especial. Posiblemente a causa del calor uno nunca se despierta rápidamente, queda en una larga transición de entresueño y modorra. Cuesta distinguir si estamos despiertos o dormidos.

El calor en el cuerpo, la sensación de hinchazón suave en los ojos y la cara, la transpiración y la sed en la boca, una impresión de pegajosa sequedad y lentitud.

Y en esos días de calor sofocante de Buenos Aires, Diciembre o Enero, si se siente una suave brisa caliente entrando por la ventana hay esperanzas de que llegue la lluvia.

El ventilador encendido sólo mueve aire caliente, "deberíamos poner un ventilador de techo, son mucho más efectivos y además dicen que no hacen tanto ruido... aunque con lo que ronca este hombre la verdad que el ruido del ventilador pasa desapercibido".

Y de repente un poco de viento entrando por la ventana, nos da idea que puede llegar la lluvia a traer un poco de alivio, aunque no dure más de unos pocos minutos, un chaparrón de verano.

Se levantó y fue al baño, se mojó la cara y bebió agua directamente del grifo. ¡Que rica que es! No muy fresca pero si se la deja correr un poco esta bien. Tomó uno de los pañuelos que siempre llevaba consigo y lo empapó bien, luego lo escurrió y lo puso en su nuca para refrescarse y así, sin más preámbulos, caminó hasta la ventana del comedor. La persiana estaba baja para no dejar entrar el sol, pero este ya estaba bajando y no daba muy fuerte, así que tomó la correa y la levantó un poco.

Entraba una brisa suave, con algo de olor a tierra mojada, las cortinas se movían lentamente. Se paro en su banqueta que le permitía estar apoyada en el marco de la ventana con comodidad. Cerró los ojos. Desde el primer piso, incluso con los ojos cerrados tenía de la sensación de estar mucho más alta que los pocos autos y las pocas personas que pasaban por abajo.

La sensación del viento suave en la cara, era una caricia, un masaje a cada centímetro de la piel al mismo momento, podía estar así por horas.

Mucha gente pensaba que sólo se asomaba para espiar o "chusmear" a los vecinos. Es que la gente habla por hablar, ¿que saben de disfrutar de un momento con la naturaleza cuando no se puede hacer otra cosa? Cuando las piernas no lo dejan a uno tener más que esto, y que lindo a la vez poder saborearlo, tomar este regalo, este momento agradable.

Una primera gota de lluvia pegó en el rostro de María. La sintió correr por su mejilla.

"La primera gota, ya llega la tormenta" –pensó, sonriendo.

Es un sólo un recuerdo, simple, tonto y repetido, cuántas veces lo he vivido, miles... que también tiene el gusto de lo repetido y lo habitual.

El secreto placer que siempre me produjo dormir la siesta y despertarme de ella.

Cuando nos volvemos viejos empezamos a disfrutar de cosas diferentes. Es la sabiduría que traen los años. Cuando uno es joven el mundo nos encandila con todas las cosas materiales, con todo lo que hay para hacer y descubrir. Queremos demostrar a los que nos rodean lo que valemos.

Luego los años pasan y los grandes se van yendo y uno empieza a ver que la vida también pasa rápidamente, que diez años son un suspiro.

Empezamos a darle mayor importancia al valor del tiempo por sobre las cosas materiales. Y también a la salud, a estar bien, a sentirse sano.

Entonces nos damos cuenta que hay más belleza y placer en cosas pequeñas. Cosas que nos traen un sentimiento grato y en general son tan simples que están ahí para quien quiera tomarlas.

Como el viento en la cara, "¿será esto también parte de mi instinto? Debo haber sido perro en otra vida..."

Me gustaría decirles a mis hijos y a mis nietos que no busquen la felicidad en las cosas grandes, complicadas, las raras y poco frecuentes. Un viaje en crucero por las islas del Caribe nos da la idea de felicidad suprema.

Veo gente que ha pasado su vida ahorrando para comprar un automóvil, y luego es esclava trabajando para mantenerlo. Nosotros nunca tuvimos un automóvil, a Salvador no le gustaban, y no hemos sido menos felices por ello.

Vivimos poniendo la felicidad como un objetivo a alcanzar en momentos lejanos, que llegan después de un gran sacrificio o esfuerzo... El día que me case y tenga mi familia voy a ser feliz... y luego las cosas llegan, porque nos lo propusimos y no somos felices para siempre. "Y vivieron felices y comieron perdices..." sólo sucede en los cuentos de hadas.

La felicidad no se compra, no se alcanza y se retiene. La casa que me compré y que me hizo inmensamente feliz en un momento, luego ya no; se torna en algo habitual, podríamos decir que en una necesidad. Incluso si por algún motivo la hubiera perdido me hubiera hecho sentir muy infeliz. Así es como las cosas materiales tienen más chance de hacernos infelices si las perdemos. Es raro, enredado por decirlo de alguna manera.

Lo cierto es que la felicidad está en las cosas simples, pequeños momentos, como poder disfrutar de una siesta de verano, como comerse un pedazo de jamón cocido o recibir el abrazo y el beso de un nieto y sobre todo, la felicidad está en dar, en regalar, en ayudar. En hacer felices a otros.

He sido mucho más feliz pensando en lo que hicimos por Ana y Panchito que en lo que significó tenerlo con nosotros.

Ojalá la gente se diera cuenta de esto y buscara la felicidad en las cosas cotidianas, en lugar de ponerla como un objetivo a largo plazo, como algo prácticamente inalcanzable. Vivirían más contentos el tiempo que tienen, se sentirían más buenos, y el mundo sería un lugar mejor donde todos serían más generosos y se ayudarían más.

Cambiar el mundo, ¿será que es una idea que sólo nos sucede de muy jovencitos o muy de viejos?

¿Por qué no pensaremos así cuando realmente podemos hacer la diferencia?

Capítulo XXI

–Ya falta muy poco para el amanecer, fíjate que nos hemos quedado toda la noche –le dijo a la gata mientras acariciaba su pelaje, gracias por tu compañía.

Estoy muy cansada, pero ha sido una hermosa noche, llena de recuerdos lindos y otros no tanto, pero en definitiva ha sido mi vida ni más ni menos. ¿Si la he vivido como yo hubiera querido? No sé, viéndola desde acá supongo que hubiera hecho muchas cosas de manera diferente, he cometido muchos errores, pero ¿Quién no? ¿Acaso son los míos más graves que los de otros? Lo que seguramente haría sería ayudar más, disfrutar más y preocuparme menos.

"En fin, esta bien. Creo que me voy a dormir acá finalmente, ya no tengo fuerzas para volver a la cama" y apoyándose en el respaldo de la silla comenzó a susurrar a manera de arrullo.

Chas Chas
Ahí vai? Manuel que vamos lle a cantar
A canción do "Agacha ó porco" que lle vai a ristrar

E mata ó porco
fai un cocido
se non che sabe ben
fai un rostrido.

Fai un rostrido
bótalle allo
si non che sabe ben
vai po carallo.

E quiríasme invitar
po sábado que vén
e queríasme poder
e quirías quedar ben.
E quirías quedar ben
e quirías quedar ben
e quiríasme invitar
po sábado que vén.

E ti marchaches
e eu tamén,
petei á porta
moi ben, moi ben
Pasei de todo
vai po carallo
collín lamprea e rodaballo

Los primeros rayos del sol habían salido y María dormía.

Como era su costumbre Pancho se levantaba temprano por las mañanas, aunque fuera fin de semana. Le encantaba sentarse a tomar mate con la casa en silencio, escuchar la radio, leer el diario, perder un poco de tiempo y así cuando el día comenzaba para los demás, él ya había cumplido con su ritual matutino, su momento de meditación.

Ese domingo, como cada mañana, después de pasar por el baño se dirigió a la cocina. Ni bien entró, su sorpresa fue mayúscula al ver a su madre sentada tranquilamente en una silla. Parecía dormida. Tenía una expresión de paz en el rostro. Se acercó a ella.

–Mamá, mamá...–la llamó suavemente apoyándole la mano en el hombro. Pero en ese mismo momento comprendió que ella no despertaría.

María ya se había ido...

FIN

Índice

www.ingramcontent.com/pod-product-compliance
Lightning Source LLC
Chambersburg PA
CBHW050857180626
46814CB00007B/2776
* 9 7 8 9 8 7 6 8 0 0 2 3 5 *